臺灣語

語音入門

董忠司◎著

遠流

臺灣語語音入門

作　　者／董忠司

發 行 人／王榮文

出版發行／遠流出版事業股份有限公司

　　　　　台北市南昌路二段81號6樓

　　　　　郵撥／0189456-1　　電話／23926899

　　　　　傳真／23926658

香港發行／遠流（香港）出版公司

　　　　　香港北角英皇道310號雲華大廈4樓505室

　　　　　電話／2508-9048　　傳真／2503-3258

　　　　　香港售價／港幣83元

法律顧問／王秀哲律師・董安丹律師

著作權顧問／蕭雄淋律師

2001年1月16日　初版一刷

2007年4月16日　初版二刷

行政院新聞局局版臺業字第1295號

新台幣售價 250 元 （缺頁或破損的書，請寄回更換）

ISBN 957-32-4235-4

YL*ib* 遠流博識網

http://www.ylib.com　　　E-mail: ylib@ylib.com

謹以本書敬祝

從宜師《國臺對照活用辭典》出版

感謝伊對台灣

永不止息的無私奉獻

《臺灣語語音入門》序

立基培根，向上生長
臺語ㄅㄆㄇ式和現代羅馬字式的音標

　　臺灣人使用臺灣語，這本來是天經地義、千該萬該的事，但是，我們卻在日本時代和國民政府時代之後，在臺灣語式微之後，才有機會要求我們的子弟來從頭學習這個語言。我們不可因此而怨天尤人、自怨自艾，我們只有全心編輯各種臺灣語書籍，來幫助臺灣人，復興臺灣語。這本《臺灣語語音入門》正是爲了「臺灣人說臺灣話」的基本權利而編寫的。

　　除了上述緣由，作者有感於吳守禮教授數十年臺語研究的弘毅功夫，有感於他的《國臺對照活用辭典》這本巨著的光榮出版，因此願意編寫這本書來向他表示感謝和祝賀。這本《臺灣語語音入門》依照 1955 年國語推行委員會所印行、吳守禮教授所遵用的《臺語方音符號》、和 1998 年教育部正式公告的《臺灣閩南語音標系統》來編輯。全書的結構，首先是由臺灣語音節結構入手，其次，由聲母、主要元音、鼻化元音、韻化輔音、介音、韻尾、到基本聲調，依序進行發音說明和舉例，最後是所有臺灣語韻母的陳列和舉例。這樣的安排和說明配合 CD 唱盤，希望帶給讀者瞭解或學習臺灣語的方便。只要多加聆聽、多加練習，相信必有收穫。

這本書是為全臺灣各種閩南語方言而設的，不論是通行腔、海口腔(或稱為泉州腔)、內埔腔(或稱為漳州腔)、台北腔、台南腔、台中腔……等等臺語方言，都可以從本書獲得音標和拼寫法的提示。但是，如果不想學習其他方言，可以從本書示範的音素或拼寫法中選用，不必全部學習。

　　語音符號及其音讀，是學習語言的基礎，希望這本書，是一把開啟臺灣語美麗新世界的鑰匙。

　　音標學習是語言學習的基本功夫，藉著音標，我們可以聽讀語言、記錄語言，可以擴大學習範圍，利用教材、辭典來自我學習，可以用來為地名、街名、人名、商店名、動植物名標音，甚至可以用來編寫教材、編寫語文讀物，為推動臺語而奮鬥。本書作者如此期望著。

　　　　　　　　　　　　　　董忠司　謹序於新竹香山
　　　　　　　　　　　　　　　　　　　　2000.12.21

臺灣語語音入門

董忠司　著

目次

前言

　　臺灣語的語音系統，過去有十五音系統、有教會羅馬字音標系統、有日本假名系統，二次大戰結束以後，由於南京來的國民政府大力推行ㄅㄆㄇ式注音符號，因此「國語推行委員會」曾經刊行ㄅㄆㄇ式的《臺語方音符號》。這套音標符號相當周全，除了臺灣語通行腔以外，還可以為「海口腔」(或稱為「泉州腔」)、「內埔腔」(或稱為「漳州腔」)標音。一九九八年一月，教育部在公告《臺灣閩南語音標系統》《臺灣客家語音標系統》《臺灣原住民語音標系統》的同時，也公告了名為《方音符號》的ㄅㄆㄇ式閩南語注音符號。我們在這一本小書和錄音裡，為了彰顯吳守禮教授一輩子運用《臺語方音符號》研究台灣語的成績，特別以ㄅㄆㄇ式的《臺語方音符號》或《方音符號》為主，輔以《臺灣閩南語音標系統》(即 TLPA)和國際音標(IPA)，進行有聲的臺語聲韻調說明，希望對臺灣閩南語的初學者有所助益。

　　本書對於臺灣語音讀的介紹和舉例，僅做必要的說明，不求詳盡。讀者若有心進一步研究臺灣閩南語的語音，請另外再找尋《臺灣閩南語概要》《臺灣閩南語語音論》一類的書籍。不過本書為了方便讀者得到準確的音讀，除了提供國語推行委員會的ㄅㄆㄇ式「臺語方音符號」以外，對於每一個音素，都標注了國際音標，即： INTERNATIONAL PHONETIC ALPHABET (IPA)，還提供了 ABC 式「臺灣閩南語音標系統」的比較。

以下我們分爲八章，依次錄音說明如下：

第一章　　臺灣語的音節結構

第二章　　臺灣語的聲母

第三章　　臺灣語的主要元音

第四章　　鼻化元音 和韻化輔音

第五章　　介音

第六章　　韻尾(含「韻末」)

第七章　　臺灣語的基本聲調

第八章　　臺灣語的韻母

第一章 臺灣語的音節結構

　　台灣語的音節結構和單音節的漢語相近。以北京話為例，音節有五個成分，從發音的先後來說，有聲母、介音、主要元音、韻尾，還有全音節的聲調，共有五個成分。這五個成分與結構表示如下：

聲母	聲　　　　　調		
	韻	母	
	介　音	主 要 元 音	韻　尾

　　臺灣閩南語的音節結構，除了和北京話相同的聲母、介音、主要元音、韻尾、和聲調以外，還有韻末和鼻化。其中聲母、介音、主要元音、韻尾、和韻末為「時段成分」，鼻化和聲調為「上加成分」。「時段成分」為依時間先後切分的「音段」，「上加成分」為不另外佔時間的「超音段」。

　　我們可以把台灣語的音節結構，表示如下：

聲	聲　　　　　調			
	鼻　　　　　化			
	韻	母		
母	介音	主要元音	韻末	韻尾

虛線表示鼻化和聲調有時是貫徹於全音節的，有時只貫徹於韻母。像臺灣閩南語「撓 ngiau(nn)h^4」 便是。

兀	ㄧ	ㄚ	ㄨ	ㄏ	。	(4)
ng	i	a	u	h	nn	4
|	|	|	|	|	|	|
聲母	介音	主要元音	韻末	韻尾	鼻化	聲調

台灣語的音節最多有七個成分，每個音節成分出現的音素，分別敘述如下：

聲母：ㄅ、ㄆ、ㄇ、ㄅ、ㄉ、ㄊ、ㄋ、ㄌ、ㄗ、ㄘ、ㄙ、ㄗ、ㄍ、ㄎ、ㄏ、兀、ㄍ、零聲母，(另外還有顎化的注音符號ㄐ、ㄑ、ㄒ、ㄐ)

介音：ㄧ、ㄨ

主要元音：ㄧ、ㄝ、ㄝ、ㄚ、ㄛ、ㆦ、ㄨ、ㄜ、ㄨ

韻末：ㄧ、ㄨ

韻尾：ㄧ、ㄨ、ㆬ、ㄣ、兀、ㄅ、ㄉ、ㄍ、ㄏ

鼻化：加上透過的小圈(即：ㄧ。、ㄨ。、ㆦ。、ㆦ。、ㄚ。、ㄝ。、ㄝ。、ㄞ。、ㄠ。)

聲調：( )ˋ、ㄥ、( )ˊ、ㄏ

以下請依照這些音節成分，逐一聽音練習。

第二章 臺灣語的聲母

第一節 聲母總說

我們可以先把台灣語的全部聲母，及其發音部位和發音方法表列下：

方法／部位	塞音或塞擦音		鼻音	濁音	邊音	擦音
	不送氣	送氣				
唇音	ㄅ [p] p	ㄆ [pʰ] ph	ㄇ [m] m	ㆠ [b] b		
舌音	ㄉ [t] t	ㄊ [tʰ] th	ㄋ [n] n		ㄌ [l] l	
齒音	ㄗ [ts] c	ㄘ [tsʰ] ch		ㆡ [dz] j		ㄙ [s] s
舌面音	ㄐ [tsʲ] c	ㄑ [tsʰʲ] ch		ㆢ [dzʲ] j		ㄒ [sʲ] s
舌根音	ㄍ [k] k	ㄎ [kh] kh	ㄫ [ŋ] ng	ㆣ [g] g		
喉音	○ [ʔ]					ㄏ [h] h

下文依發音部位的次序，來分別說明。方格內的符號，第一格是《台語方音符號》，第二格是代表漢字音名，可稱為「□字頭」，第三格是國際標準組織(ISO)登記、教育部公告的《臺灣閩南語音標系統》，第四格是教會羅馬字，第五格是國際音標。陳列這些符號，目的是讓讀者互相參照，擇於一是。

下列各音素之發音，在 CD 中，每個音發兩次，發音後停一段時間，讓讀者可以仿讀。

第二節　唇音

2-1　ㄅ　(音名："邊" 聲 ，俗名「邊字頭」)

台語 注音符號	代表漢字	《臺灣閩南語 音標系統》	教會 羅馬字	國際音標
ㄅ	邊	p	p	p

發音：　　　雙唇、清、不送氣、塞音

　　發此音時，先儲氣於胸，緊閉雙唇，然後打開雙唇，發出爆發的聲音。由於聲母的不容易聽清楚，發音時通常在ㄅ(p) 的後面接著ㄚ(a) ，發出ㄅㄚ(pa) 的聲音:也可以後面接著ㄜ，發出ㄅㄜ(pə)得聲音。實際上我們要聽的是ㄅ(p)。

例詞：

八包	ㄅㄝˊ ㄅㄠ	peh⁴ pau¹
扁餅	ㄅㄧˋ ㄅㄧㄚˋ	pinn² piann²
琵琶	ㄅㄧˊ ㄅㄝˊ	pi⁵pe⁵
頒布	ㄅㄢ ㄅㆦㄥ	pan¹poo³
弊病	ㄅㄝㄥ ㄅㄝㄏ	pe³penn⁷
寶貝	ㄅㆦˋ ㄅㄨㄝㄥ	po²pue³

2-2　ㄆ　(音名："波"聲，俗名「波字頭」)

台語 注音符號	代表漢字	《臺灣閩南語 音標系統》	教會 羅馬字	國際音標
ㄆ	波	ph	ph	p^h

發音：　　雙唇、清、送氣、塞音

　　發此音時，先儲氣於胸，緊閉雙唇，然後打開雙唇，發出爆發的聲音，胸腹中的氣流同時由口腔通道衝出。由於聲母的不容易聽清楚，發音時通常在ㄆ (ph) 的後面接著ㄚ (a) ，發出ㄆㄚ(pha) 的聲音，或者在ㄆ (ph) 的後面接著ㄜ(ə) ，發出ㄆㄜ(phə) 的聲音。實際上我們要聽的是ㄆ (ph)。

例詞：

鼻芳	ㄆㄧ˫ ㄆㄤ	phinn⁷ phang¹
破皮	ㄆㄨㄚㄥ ㄆㄨㄟˊ	phua³ phue⁵
乒乓	ㄆㄧㄣˊ(9) ㄆㄣㄥˋ	phin⁹ phong²
偏僻	ㄆㄧㄢ ㄆㄧㄚˎ	phian¹ phiah⁴
普遍	ㄆㄛˋ ㄆㄧㄢㄥ	phoo² phian³
奔波	ㄆㄨㄣ ㄆㄛ	phun¹ pho¹

2-3 ㄇ (音名："毛"聲，俗名「毛字頭」)

台語 注音符號	代表漢字	《臺灣閩南 語音標系統》	教會 羅馬字	國際音標
ㄇ	毛	m	m	m

發音： 雙唇、鼻音

發此音時，先儲氣於胸，然後緊閉雙唇，當發音時，口腔通道斷絕，氣流由鼻腔送出，就是ㄇ(m)。一般發音時通常在ㄇ(m) 的後面接著發ㄚ(a)，發出 ㄇㄚ (ma) 的聲音，也可以在ㄇ(m) 的後面接著發ㄜ(ə)，發出ㄇㄜ (m ə) 的聲音。實際上我們要聽的是ㄇ(m)。

例詞：

（以下詞例ㄇ(m)後是鼻化元音者，省略鼻化記號或 nn 字母。）

問名	ㄇㄤㄏ ㄇㄧㄚˊ	mng⁷mia⁵
莫罵	ㄇㄞㄥ ㄇㄚㄏ	mai³ma⁷
冒名	ㄇㄛㄏ ㄇㄧㄚˊ	moo⁷mia⁵
妹妹	ㄇㄨㄞㄏ ㄇㄨㄞㄏ	muai⁷muai⁷
摸脈	ㄅㄜ ㄇㄝㄏ˙	bong¹meh⁸

2-4 ㄅ (音名："文"聲，俗名「文字頭」)

台語 注音符號	代表漢字	《臺灣閩南語 音標系統》	教會 羅馬字	國際音標
ㄅ	文	b	b	b

發音： 雙唇、濁、不送氣、塞音

　　發此音時，先儲氣於胸，緊閉雙唇，然後打開雙唇時，發出爆發的聲音，氣流同時由口腔通道衝出，並且震動聲帶，造成濁音，發出的就是ㄅ(b)。由於聲母的不容易聽清楚，發音時通常在 ㄅ(b) 的後面接著發ㄚ(a)，發出ㄅㄚ(ba) 的聲音，也可以在 ㄅ(b) 的後面接著發發ㄜ(ə)，發出ㄅㄜ(bə) 的聲音。實際上我們要聽的是ㄅ(b)。

例詞：

目眉	ㄅㄚ《˙	ㄅㄞˊ	$bak^8 bai^5$
埋沒	ㄅㄞˊ	ㄅㄨㄉ˙	$bai^5 but^8$
美妙	ㄅㄧˋ	ㄅㄧㄠˋ	$bi^2 biau^7$
買賣	ㄅㄝˋ	ㄅㄝˋ	$be^2 be^7$
面肉	ㄅㄧㄋˋ	ㄅㄚˊ	$bin^7 bah^4$
無尾	ㄅㄛˊ	ㄅㄨㄝˋ	$bo^5 bue^2$

第三節 舌音

2-5 ㄉ （音名："地" 聲，俗名「地字頭」）

台語 注音符號	代表漢字	《臺灣閩南語 音標系統》	教會 羅馬字	國際音標
ㄉ	地	t	t	t

| 發音： | 舌尖、清、不送氣、塞音 |

　　發此音時，先儲氣於胸，舌尖緊抵上齒背根部，並且略和齒齦接觸，然後當舌尖用力下拉時，發出爆發的聲音，就是 t 。由於聲母的不容易聽清楚，發音時通常在 ㄉ(t) 的後面接著發ㄚ(a)，發出ㄉㄚ(ta) 的聲音，也可以在 ㄉ(t) 的後面接著發ㄜ(ə)，發出ㄉㄜ(ta) 的聲音。實際上我們要聽的是ㄉ(t)。

| 例詞： |

蜘蛛	ㄉㄧ ㄉㄨ	ti^1 tu^1
直達	ㄉㄧㄉ˙ ㄉㄚㄉ˙	tit^8 tat^8
擔當	ㄉㆰ ㄉㆭ	tam^1 tng^1
徒弟	ㄉㆦˊ ㄉㆤㄏ	too^5 te^7
桌頂	ㄉㆦㄏ ㄉㄧㄥˋ	toh^4 ting^2
長刀	ㄉㆭˊ ㄉㆦ	tng^5 to^1

2-6　　ㄊ　（音名："他" 聲，俗名「他字頭」）

台語注音符號	代表漢字	《臺灣閩南語音標系統》	教會羅馬字	國際音標
ㄊ	他	th	th	t^h

發音：　　　舌尖、清、不送氣、塞擦音

　　　發此音時，先儲氣於胸，舌尖緊抵上齒背根部，並且略和齒齦接觸，然後，當舌尖下拉後，由肺部同時送出一股強氣流，這個聲音，就是 th 。由於聲母的不容易聽清楚，發音時通常在 ㄊ(th) 的後面接著發ㄚ(a)，發出ㄊㄚ(tha)的聲音，也可以在 ㄊ(th) 的後面接著發ㄜ(ə)，發出ㄊㄜ(thə) 的聲音，實際上我們要聽的是 ㄊ(th)。

例詞：

吞糖　ㄊㄨㄣ　ㄊㄥˊ	$thun^1$ $thng^5$
通天　ㄊㄛ　ㄊㄧㄢ	$thong^1$ $thian^1$
體貼　ㄊㄝˋ　ㄊㄧㄚㆴ	the^2 $thiap^4$
透天　ㄊㄠㄥ　ㄊ˩	$thau^3$ $thinn^1$
剃頭　ㄊㄧㄥ　ㄊㄠˊ	thi^3 $thau^5$
土炭　ㄊㆦˊ　ㄊㄨㄚㄥ	$thoo^5$ $thuann^3$

2-7 ㄋ 音名： ("耐" 聲，俗名「耐字頭」)

台語注音符號	代表漢字	《臺灣閩南語音標系統》	教會羅馬字	國際音標
ㄋ	耐	n	n	n

發音： 　　舌尖、鼻音

　　發此音時，先儲氣於胸，然後舌尖緊抵上齒背根部，並且略和齒齦接觸，當舌尖持續接觸狀態時，氣流從鼻腔送出的聲音，就是 n 。由於聲母的不容易聽清楚，發音時通常在 ㄋ(n) 的後面接著發ㄚ(a) ，發出ㄋㄚ(na) 的聲音，也可以在 ㄋ(n) 的後面接著發發ㄜ(ə) ，發出ㄋㄜ(nə) 的聲音，實際上我們要聽的是 ㄋ(n)。

例詞：

爛爛	ㄋㄨㄚˋ	ㄋㄨㄚˋ	nua^7 nua^7
軟軟	ㄋㆭˋ	ㄋㆭˋ	nng^2 nng^2
凹凹	ㄋㄚˊ	ㄋㄚˊ	nah^4 nah^4
爾爾	ㄋㄧㄚˋ	ㄋㄧㄚˋ	nia^7 nia^7
娘奶	ㄋㄧㄨˊ	ㄋㆤˋ	niu^{5}ne^2
貓呢	ㄋㄧㄠ	ㄋㄧˊ(9)	niau^{1}ni^9

2-8 ㄌ (音名： "柳" 聲，俗名「柳字頭」)

台語 注音符號	代表漢字	《臺灣閩南語 音標系統》	教會 羅馬字	國際音標
ㄌ	柳	l	l	l

發音： 　　舌尖、邊音

　　發此音時，先儲氣於胸，然後舌尖緊抵上齒背根部，並且略和齒齦接觸，舌尖維持不動，同時氣流由舌尖兩邊送出，彈動舌葉兩邊較薄的邊緣，發出的聲音就是ㄌl。由於聲母的不容易聽清楚，發音時通常在ㄌ(l)的後面接著發ㄚ(a)，發出ㄌㄚ(la)的聲音，也可以在ㄌ(l)的後面接著發ㄜ(ə)，發出ㄌㄜ(lə)的聲音，實際上我們要聽的是ㄌ(l)。

例詞：

亂來	ㄌㄨㄢㆶ ㄌㄞˊ	luan⁷ lai⁵
六蕊	ㄌㄚ《˙ ㄌㄨㄧˋ	lak⁸ lui²
琉璃	ㄌㄧㄨˊ ㄌㄧˊ	liu⁵ li⁵
奴隸	ㄌㆦˊ ㄌㆤㆶ	loo⁵ le⁷
能力	ㄌㄧㄥˊ ㄌㄧㆤ《˙	ling⁵ lik⁸
流浪	ㄌㄧㄨˊ ㄌㆲㆶ	liu⁵ long⁷

第四節　齒音

2-9 ㄗ (音名："貞"聲，俗名「貞字頭」)

台語注音符號	代表漢字	《臺灣閩南語音標系統》	教會羅馬字	國際音標
ㄗ	貞	c	ch,ts	ts

發音：　　舌尖、清、不送氣、塞擦音

　　發此音時，先儲氣於胸，然後舌尖緊抵上齒背根部，並且略和齒齦前端接觸，當舌尖下拉後，不立刻拉開，在稍微停留時維持一細縫，再把舌尖往下完全拉開，造成先爆發後摩擦的聲音，就是 ㄗc ，國際音標作[ts]。由於聲母的不容易聽清楚，發音時通常在 ㄗ(c) 的後面接著發ㄚ(a)，發出ㄗㄚ(ca) 的聲音，也可以在 ㄗ(c) 的後面接著發ㄜ(ə)，發出ㄗㄜ(cə) 的聲音，實際上我們要聽的是 ㄗ(c)。

例詞：

十指	ㄗㄚㆴ˙ ㄗㄞˋ	cap⁸ cainn²
泉水	ㄗㄨㄚˊ ㄗㄨㄧˋ	cuann5 cui2
祭祖	ㄗㄝㄥ ㄗㆲˋ	ce3 coo2
走從	ㄗㄠˋ ㄗㆲˊ	cau2 cong5

紙船	ㄗㄨㄚˋ ㄗㄨㄣˊ	cua2 cun5

2-10　　ㄘ（音名："出" 聲，俗名「出字頭」）

台語 注音符號	代表漢字	《臺灣閩南語 音標系統》	教會 羅馬字	國際音標
ㄘ	出	ch	chh	ts^h

發音：　　　舌尖、清、送氣、塞擦音

　　發此音時，先儲氣於胸，然後舌尖緊抵上齒背根部，並且略和齒齦前端接觸，當舌尖下拉後，不立刻拉開，在稍微停留時維持一細縫，再把舌尖往下完全拉開，造成先爆發後摩擦的聲音，同時氣流由胸腹中送出，就是ㄘ(ch)，國際音標作[tsh]。由於聲母的不容易聽清楚，發音時通常在 ㄘ(ch)的後面接著發ㄚ(a)，發出ㄘㄚ(cha) 的聲音，也可以在ㄘ(ch) 的後面接著發ㄜ(ə)，發出ㄘㄜ(chə) 的聲音，實際上我們要聽的是 ㄘ(ch)。

例詞：

炒菜	ㄘㄚˋ ㄘㄞ˪	cha^2 chai^3
粗柴	ㄘㆦ ㄘㄚˊ	choo^1 cha^5
出喙	ㄘㄨㄉ ㄘㄨㄧ˪	chut^4 chui^3
田厝	ㄘㄢˊ ㄘㄨ˪	chan^5 chu^3
脆脆	ㄘㆤ˪ ㄘㆤ˪	che^3 che^3
臭臭	ㄘㄠ˪ ㄘㄠ˪	chau^3 chau^3

2-11　ㄙ（音名："時"聲，俗名「時字頭」）

台語注音符號	代表漢字	《臺灣閩南語音標系統》	教會羅馬字	國際音標
ㄙ	時	s	s	s

發音：　舌尖、清、擦音

　　發此音時，先儲氣於胸，然後舌尖接近上齒背根部，並且接近齒齦前端，稍微維持一細縫，當氣流通過時發出摩擦的聲音，就是ㄙ（s），國際音標作 [s]。由於聲母的不容易聽清楚，發音時通常在 ㄙ(s) 的後面接著發ㄚ(a)，發出ㄙㄚ(sa) 的聲音，也可以在 ㄙ (s) 的後面接著發發ㄜ(ə)，發出ㄙㄜ(sə) 的聲音，實際上我們要聽的是ㄙ (s)。

例詞：

婿衫	ㄙㄨㄧˋ　ㄙㄚ	sui²sann¹
瑞士	ㄙㄨㄧㄏ　ㄙㄨㄏ	sui⁷su⁷
算術	ㄙㆭㄥ　ㄙㄨㄉ•	sng³sut⁸
孫婿	ㄙㄨㄣ　ㄙㄞㄥ	sun¹ sai³
山線	ㄙㄨㄚ　ㄙㄨㄚㄥ	suann¹suann³
山勢	ㄙㄨㄚ　ㄙㆤㄥ	suann¹se³
線索	ㄙㄨㄚㄥ　ㄙㆦㄏ	suann³soh⁴

沙屑 ㄙㄨㄚ ㄙㄚㄅ	sua¹sap⁴

2-12 ㄖ （音名："入" 聲，俗名「入字頭」）

台語 注音符號	代表漢字	《臺灣閩南 語音標系統》	教會 羅馬字	國際 音標
ㄖ	入	j	j	dz

發音：　　　舌尖、濁、不送氣、塞擦音

　　發此音時，先儲氣於胸，然後舌尖緊抵上齒背根部，並且略和齒齦前端接觸，當喉頭聲帶送出濁氣流，同時舌尖下拉後，不立刻把舌尖拉開，在稍微停留時維持一細縫，再把舌尖往下完全拉開，造成先爆發後摩擦的濁音，其中舌尖塞爆的力道不強（比國際音標的 dz 弱），這就是台語的ㄖ（j），國際音標作 [dz] 。由於聲母的不容易聽清楚，發音時通常在 ㄖ(j) 的後面接著發ㄚ(a)，發出ㄖㄚ(ja) 的聲音，也可以在 ㄖ(j) 的後面接著發發ㄜ(ə)，發出ㄖㄜ(jə) 的聲音，實際上我們要聽的是ㄖ(j)。

例詞：

熱人	ㄖㄨㄚˊ ˙ㄌㄤ	juah⁸lang⁰
潤餅	ㄖㄨㄣ˫ ㄅㄧㄚˋ	jun⁷piann²
如何	ㄖㄨˊ ㄏㄜˊ	ju⁵ho⁵
捼死	ㄖㄨㄟˊ ˙ㄙㄧ	jue⁵si⁰

"入"字頭 "ㄖ"(j-) 的顎化變體，我們寫作 "ㄐ"，兩者同一音位。　這個聲母在臺灣海口腔(例如：臺北市、新竹市等臺灣沿海城鄉)的年輕人嘴裡，往往訛讀成 "柳"聲(l-)；部份地區的人也有讀成 "語"聲 (g-)的。因此讀者應該仔細分辨。

　　以下多舉些詞語，以便讀者和自己的語言比較，並且加以修正。(爲節省篇幅，未加注音符號。)

寫字 sia²ji⁷	豆乳 tau⁷ju²	日頭 jit⁸thau⁵
熱人 juah⁸lang⁰	囝兒 kiann²ji⁵	如何 ju⁵ho⁵
儒教 ju⁵kau³	二舅 ji⁷ku⁷	認命 jin⁷mia⁷
任務 jin⁷bu⁷	遮日 jia¹jit⁸	雖然 sui¹jian⁵
忍耐 jim²na⁷	皺面 jiau⁵bin⁷	人生 jin⁵sing¹
相逐 sio¹jiok⁴	肉桂 jiok⁸kui³	衰弱 suai¹jiok⁸
侮辱 bu²jiok⁸	若干 jiok⁸kan¹	相嚷 sio¹jiang²
絲絨 si¹jiong⁵	入厝 jip⁸chu³	魷魚 jiu⁵hi⁵
韌皮 jun⁷phue⁵	潤餅 jun⁷piann²	挼死 jue⁵si⁰

2-13　　ㄐ　　(音名： "貞" 聲的顎化，俗名「貞字頭」)

台語 注音符號	代表漢字	《臺灣閩南語 音標系統》	教會 羅馬字	國際音標
ㄐ	貞(支)	c	ch	tsʲ

發音：	顎化的、舌尖、清、不送氣、塞擦音

ㄐ 這個音符，發音時比ㄗ還要將舌葉多往上貼一些，國際音標可以寫做 ts^j，是ㄗ(c)的顎化，屬於ㄗ(c)的音位變體，《臺灣閩南語音標系統》不分為兩個音標，都寫作 ' c '。發音時通常在 ㄐ(c) 的後面接著發 ㄧ(i)，發出ㄐㄧ(ci) 的聲音。

例詞：

戰爭	ㄐㄧㄢㄥ ㄐㄧㄥ	$cian^3cing^1$
真正	ㄐㄧㄣ ㄐㄧㄚㄥ	cin^1ciann^3
借錢	ㄐㄧㄛˊ ㄐㄧˋ	$cioh^4cinn^5$
貞節	ㄐㄧㄥ ㄐㄧㄚㄉ	$cing^1ciat^4$

2-14　ㄑ （音名："出"聲的顎化，俗名「出字頭」）

台語 注音符號	代表漢字	《臺灣閩南語 音標系統》	教會 羅馬字	國際音標
ㄑ	出(徐)	ch	chh	ts^{hj}

發音：　　　顎化的、舌尖、清、送氣、塞擦音

ㄑ 這個音符，發音時比ㄘ還要將舌葉多往上貼一些，國際音標可以寫做 ts^{hj}，是ㄘ(ch)的顎化，屬於ㄘ(ch)的音位變體，《臺灣閩南語音標系統》不分為兩個音標，都寫作 ' ch '。 發音時通常在 ㄑ(ch) 的後面接著發 ㄧ(i)，發出ㄑㄧ(chi) 的聲音。

親切	ㄑㄧㄣ ㄑㄧㄚㄉ	chin¹chiat⁴
千秋	ㄑㄧㄢ ㄑㄧㄨ	chian¹chiu¹
手銃	ㄑㄧㄨˋ ㄑㄧㄥㄥ	chiu²ching³
七尺	ㄑㄧㄉ ㄑㄧㄛㄏ	chit⁴ chioh⁴

2-15 ㄒ （音名："時" 聲的顎化，俗名「時字頭」）

台語注音符號	代表漢字	《臺灣閩南語音標系統》	教會羅馬字	國際音標
ㄒ	時(絲)	s	s	sʲ

發音：　　顎化的、舌尖、清、擦音

　　ㄒ 這個音符，發音時比ㄙ還要將舌葉多往上貼一些，國際音標可以寫做 sʲ，是ㄙ(s)的顎化，屬於ㄙ(c)的音位變體，《臺灣閩南語音標系統》不分為兩個音標，都寫作 's'。發音時通常在 ㄒ(s) 的後面接著發 ㄧ(i)，發出ㄒㄧ(si) 的聲音。

例詞：

新社	ㄒㄧㄣ ㄒㄧㄚㆴ	sin¹sia⁷

數想	ㄒㄧㄠㄥ ㄒㄧㄨㆭ	siau³siunn⁷
先生	ㄒㄧㄢ ㄒㄧ	sian¹sinn¹/sing¹senn¹
四秀	ㄒㄧㄥ ㄒㄧㄨㄥ	si³siu³

2-16　ㄐ　(音名： "入" 聲的顎化，俗名「入字頭」)

台語注音符號	代表漢字	《臺灣閩南語音標系統》	教會羅馬字	國際音標
ㄐ	入(而)	j	j	dzʲ

發音：　　顎化的、舌尖、濁、不送氣、塞擦音

　　ㄐ 這個音符，發音時比ㆡ還要將舌葉多往上貼一些，國際音標可以寫做 dzʲ，是ㆡ(j)的顎化，屬於ㆡ(j)的音位變體，《臺灣閩南語音標系統》不分為兩個音標，都寫作 'j'。發音時通常在 ㄐ(c) 的後面接著發 ㄧ(i)，發出ㄐㄧ(ji) 的聲音。

例詞：

遮日	ㄐㄧㄚ ㄐㄧㆵ•	jia¹jit⁸
然而	ㄐㄧㄢˊ ㄐㄧˊ	jian⁵ji⁵
仁人	ㄐㄧㄣˊ ㄐㄧㄣˊ	jin⁵jin⁵
柔柔	ㄐㄧㄨˊ ㄐㄧㄨˊ	jiu⁵jiu⁵

第五節　舌根音(牙音)

2-17　ㄍ　(音名："求" 聲，俗名「求字頭」)

台語 注音符號	代表漢字	《臺灣閩南語音標系統》	教會羅馬字	國際音標
ㄍ	求	k	k	k

發音：　舌面後、清、不送氣、塞音

發此音時，先儲氣於胸，然後把舌面後(舌根)提高，緊緊頂住硬顎，當舌面後(舌根)用力下拉、打開通道時，發出爆發的聲音，就是ㄍ(k)，國際音標作 [k]。由於聲母的不容易聽清楚，發音時通常在 ㄍ(k) 的後面接著發ㄚ(a)，發出ㄍㄚ(ka) 的聲音，也可以在 ㄍ(k) 的後面接著發ㄜ(ə)，發出ㄍㄜ(kə) 的聲音，實際我們要聽的是ㄍ(k)。

例詞：

交結　ㄍㄠ　ㄍㄧㄚㄉ	kau1 kiat4
改過　ㄍㄞˋ　ㄍㄛ˪	kai2 ko3
鬼怪　ㄍㄨㄧˋ　ㄍㄨㄞ˪	kui^2kuai^3
加減　ㄍㄝ　ㄍㄧㆰˋ	ke^1kiam^2
金剛　ㄍㄧㆬ　ㄍㆲ	kim^1kong^1
家教　ㄍㄚ　ㄍㄠ˪	ka^1kau^3

2-18　　ㄎ　(音名："去"聲，俗名「去字頭」)

台語注音符號	代表漢字	《臺灣閩南語音標系統》	教會羅馬字	國際音標
ㄎ	去	kh	kh	k^h

　ㄴ發音：　　　雙舌面後、清、送氣、塞音

　　發此音時，先儲氣於胸，然後把舌面後(舌根)提高，緊緊頂住硬顎，當舌面後(舌根)用力下拉、打開通道時，發出爆發的聲音，同時氣流由胸腹中送出，就是 ㄎ (kh)，國際音標作 [k^h]。由於聲母的不容易聽清楚，發音時通常在 ㄎ (kh) 的後面接著發ㄚ(a)，發出ㄎㄚ(kha) 的聲音，也可以在 ㄎ(kh) 的後面接著發ㄜ(ə)，發出ㄎㄜ(khə) 的聲音，實際我們要聽的是ㄎ (kh)。

　ㄴ例詞：

苦勸	ㄎㆦˋ ㄎㆭㄥ	khoo2 khng3
輕可	ㄎㄧㄣ ㄎㆦˋ	khin1 kho2
乾坤	ㄎㄧㄢˊ ㄎㄨㄣ	khian⁵khun¹
欠缺	ㄎㄧㆰㄥ ㄎㄨㆤˋ	khiam³khueh⁴
空殼	ㄎㄤ ㄎㄚ«	khang¹khak⁴
開闊	ㄎㄨㄧ ㄎㄨㄚˋ	khui¹khuah⁴

2-19　兀　(音名："雅"聲，俗名「雅字頭」)

台語注音符號	代表漢字	《臺灣閩南語音標系統》	教會羅馬字	國際音標
兀	雅	ng	ng	ŋ

発音：　　　舌面後、鼻音

　　發此音時，先儲氣於胸，然後把舌面後(舌根)提高，緊緊頂住硬顎，氣流由鼻腔通道外出，在鼻腔產生共鳴的聲音，就是兀(ng) ，國際音標作 [ŋ]。發音時通常在 兀(ng) 的後面接著發丫(a)，發出兀丫(nga) 的聲音，也可以在 兀(ng) 的後面接著發ㄜ(ə)，發出兀ㄜ(ngə) 的聲音，實際我們要聽的是兀(ng)。

例詞：

礙眼　兀ㄞˋ　兀ㄢˇ	ngai⁷ngan²/gan²
雅氣　兀丫ˇ　ㄎㄧˋ	nga2 khi3
黃色　兀ˊ　ㄒㄧㄝ《	ng5 sik4
藕粉　兀ㄠˋ　ㄏㄨㄣˇ	ngau⁷hun²
儼硬　《ㄧㄢˇˋ　兀ㄝˋ	giam²nge⁷
五官　兀ㆦˇ　《ㄨㄢ	ngoo²kuan¹

2-20　《　(音名："語"聲，俗名「語字頭」)

台語 注音符號	代表漢字	《臺灣閩南語 音標系統》	教會 羅馬字	國際音標
ㆣ	語	g	g	g

發音：　　舌面後、濁、不送氣、塞音

發此音時，先儲氣於胸，然後把舌面後(舌根)提高，緊緊頂住硬顎，當喉頭聲帶振動、同時舌面後(舌根)用力下拉、打開通道時，發出爆發的聲音，就是ㆣ g ，國際音標作 [g]。由於聲母的不容易聽清楚，發音時通常在 ㆣ (g) 的後面接著發ㄚ(a) ，發出ㆣㄚ(ga) 的聲音，也可以在 ㆣ (g) 的後面接著發發ㄜ(ə) ，發出ㆣㄜ(gə) 的聲音，實際我們要聽的是ㆣ (g)。

例詞：

戇牛　ㆣㆲ˫　ㆣㄨˊ	$gong^7$ gu^5
言語　ㆣㄧㄢˊ　ㆣㄨˋ	$gian^5gu^2$
礙謔　ㆣㄞ˫　ㆣㄧㄜ˞	gai^7gioh^8
僥疑　ㆣㄧㄠˊ　ㆣㄧˊ	$giau^5gi^5$
五月　ㆣㆦ˫　•ㆣㄨㆤ˞	goo^7gueh^0

第六節　喉音

2-21　　　　(音名：　"英" 聲，俗名「英字頭」

台語 注音符號	代表漢字	《臺灣閩南語 音標系統》	教會 羅馬字	國際音標
(無號)	英	(無號)	(無號)	ʔ

發音：　　　　清、不送氣、喉塞音(或爲「零聲母」)

　　發此音時，先儲氣於胸，然後緊閉聲帶，當打開聲帶時，氣流同時衝出，發出的爆發聲音，就是這個聲母，國際音標作 [ʔ] 。「英字頭」在單字讀或詞彙的首字，以及一般狀態下都是發 [ʔ] ，但是，在前面接他字的聯音變化中，有些人的 [ʔ] 會消失。這個聲母通常不用標示。但是需要表示時，寫爲「○」，或「ø」，或「ɸ」。由於聲母的不容易聽清楚，發音時通常在 零聲母 的後面接著發ㄚ(a)，實際我們要聽的是 [ʔ] 。

例詞：

以後	ㄧ丶 ㄠ卜	i²au⁷
冤枉	ㄨㄢ ㄤ丶	uan¹ong²
安穩	ㄢ ㄨㄣ丶	an¹un²
油畫	ㄧㄨˊ ㄨㄝ卜	iu⁵ue⁷

阿姨	ㄚ ㄧˊ	a¹i⁵
圓仔	ㄐˊ ㄚˋ	inn⁵a²

2-22　　厂　　(音名：＂喜＂聲，俗名「喜字頭」)

台語 注音符號	代表漢字	《臺灣閩南語 音標系統》	教會 羅馬字	國際音標
厂	喜	h	h	h

発音：　　　清、喉擦音

　　發此音時，先儲氣於胸，然後聲帶維持一縫隙，氣流通過時，發出摩擦的聲音，就是厂 h ，國際音標作 [h]。由於聲母的不容易聽清楚，發音時通常在 厂(h) 的後面接著發ㄚ(a)，發出厂ㄚ(ha) 的聲音，也可以在 厂(h) 的後面接著發發ㄜ(ə)，發出厂ㄜ(hə) 的聲音，實際我們要聽的是厂(h)。

例詞：

漢學	ㄏㄢㄥ ㄏㄚㄍ˙	han³ hak⁸
風雨	ㄏㄧ ㄏㄛㄏ	hong¹ hoo⁷
火灰	ㄏㄨㄝˋ ㄏㄨ	hue²hu¹
吩咐	ㄏㄨㄢ ㄏㄨㄥ	huan¹hu³
發粉	ㄏㄨㄚㄉ ㄏㄨㄣˋ	huat⁴hun²
學校	ㄏㄚㄍ˙ ㄏㄠㄏ	hak⁸hau⁷

第三章 臺灣語的主要元音

第一節 引言

　　台灣各地台灣語次方言的韻母，雖然大同小異，但是各有不同之處。其中最大的不同是：台灣通行腔、台北方言、台南方言、宜蘭方言、鹿港方言、台中方言的韻母系統。各地方言，如果不計聲調，大約都具有八十個韻母上下，綜合各地可能出現的韻母，可得一〇九個韻母。亦即：

韻母名稱		數量	備註
舒聲韻(57)	開尾韻	二十二個	含元音尾韻
	鼻化韻	十七個	
	鼻尾韻	十八個	
入聲韻(52)	束喉入聲韻	十九個	
	鼻化入聲韻	十四個	
	普通入聲韻	十九個	

　　關於韻母的結構與成分，我們可以用下列諸式來表示：

1. 元音 ＝ 韻母
2. 介音 ＋ 元音 ＝ 韻母
3. 元音 ＋ 韻尾 ＝ 韻母
4. 介音 ＋ 元音 ＋ 韻尾 ＝ 韻母
5. 介音 ＋ 元音 ＋ 韻末 ＋ 韻尾 ＝ 韻母

6. 鼻化 + 元音 = 韻母
7. 鼻化 + 介音 + 元音 = 韻母
8. 鼻化 + 元音 + 韻尾 = 韻母
9. 鼻化 + 介音 + 元音 + 韻尾 = 韻母
10.鼻化 + 介音 + 元音 + 韻末 + 韻尾 = 韻母

共有十種組合方式。其中 6.7.8.9.10.只是 1.2.3.4.5.的鼻化而已，不計鼻化，則只有五種組合方式。爲了讓某些讀者容易接受，我們可以把「韻末 + 韻尾」合稱爲「複合韻尾」。

　　爲了簡化並且更有效的掌握，本書不一一介紹每個韻母，而是依照「韻母結構成分」來進行說明，以便執簡馭繁。茲分以下各章來敘述，各韻母的舉例練習則置於最後一章：

1.主要元音(一般臺灣語六個元音，少數海口腔有八個元音)
2.鼻化元音 (五個)
3.韻化輔音 (兩個)
4.介音 (兩個)
5.韻尾 (元音韻尾兩個，輔音韻尾七個，複合韻尾兩個)

　　爲了免於多生出枝節問題，本書的舉例以臺灣通行腔和南部腔爲主，敬請使用其他腔調者，多多原諒。關於臺灣重要的方音差異，請另覓專書專章。本書只約略述及。
　　閱讀以下數節時，請參考「元音舌位圖」。

第二節　　主要元音

3-1.　ㄚ　　(代表漢字是「阿」)

台語注音符號	代表漢字	《臺灣閩南語音標系統》	教會羅馬字	國際音標
ㄚ	阿	a	a	a

　發音說明　展唇、最低、前元音

　　發音時，雙唇自然張開到最大，舌頭不用力，隨著下牙床下移，不前也不後；氣流從胸腔送出，經過聲帶、產生摩擦而振動，然後在口腔產生共鳴而成音，就是ㄚ。國際音標寫做 [a]。教育部公告的〈台灣閩南語音標系統〉（簡稱為「教育音標」、「台語音標」，或為英文「TLPA」）也寫做「a」。

　　這個音，在單獨使用，後面不接任何音素時，音值為央低元音 [ᴀ]；當 a 後接 i、n、m 時，音值為前低元音 [a]；當 a 後接 u、ng 時，音值為後低元音 [ɑ]。

　詞例　
　　請讀出下列字詞，並且用心體會，ㄚ(a) 的發音部位和

發音方法：

阿媽 ㄚ ㄇㄚˋ	a^1ma^2
骹仔(部下) ㄎㄚ ㄚˋ	kha^1a^2
吵抐 ㄔㄚˋ ㄌㄚㆷ	cha^2la^7
腌臢 ㄚ ㄗㄚ	a^1ca^1

3-2. ㆤ　　　(代表漢字是「啞」)

台語注音符號	代表漢字	《臺灣閩南語音標系統》	教會羅馬字	國際音標
ㆤ	邊	e	e	ɛ

發音說明：展唇、中、前元音

　　發音時，雙唇自然張開到中等大小，舌頭隨著下牙床下移，略爲向前，舌面前微微抬起；氣流從肺部送出，經過聲帶、產生摩擦而振動，然後在口腔產生共鳴而成音，就是ㆤ。國際音標寫做 [ɛ]。教育部公告的〈台灣閩南語音標系統〉寫做「e」。

詞例

　　請讀出下列字詞，並且用心體會ㆤ(e) 的發音部位和發音方法：

下底 ㄝㄏ ㄅㄝ丶	e^7te^2
世系 ㄙㄝㄥ ㄏㄝㄏ	se^3he^7
解差 ㄍㄝㄥ ㄘㄝ	ke^3che^1
雞災(雞瘟) ㄍㄝ ㄗㄝ	ke^1ce^1

3-3. ㄧ i [i] （代表漢字是「伊」）

台語 注音符號	代表漢字	《臺灣閩南 語音標系統》	教會羅馬字	國際 音標
ㄧ	伊	i	i	i

| 發音說明 |　　展唇、最高、前元音

　　發音時，雙唇自然略為張開，舌頭略為向前，舌面前微微抬起到高位，靠近硬顎後半部，而保持距離；氣流從肺部送出，經過聲帶、產生摩擦而振動，然後在口腔通道產生共鳴而成音，就是ㄧ。國際音標寫做 [i]。教育部公告的〈台灣閩南語音標系統〉寫做「i」。

　　這個符號，直行時寫作「一」，橫行食寫做「ㄧ」。

| 詞例 |：

　　請讀出下列字詞，並且用心體會 ㄧ（i）的發音部位和發音方法：

維持　ㄧˊ　ㄑㄧˊ	i^5chi^5
魚餌　ㄏㄧˊ　ㄐㄧ˫	hi^5ji^7
知己　ㄉㄧ　ㄍㄧˋ	ti^1ki^2
魚刺　ㄏㄧˊ　ㄑㄧ˪	hi^5chi^3

3-4　ㄛ　oo　[ɔ]　(代表漢字是「烏」)

台語注音符號	代表漢字	《臺灣閩南語音標系統》	教會羅馬字	國際音標
ㄛ	烏	oo	o͘	ɔ

發音說明　圓唇、半低、後元音

發音時，雙唇成圓形，張開到接近全開，舌頭隨著下牙床下移到半低的位置，並且略爲向後，舌面後微微抬起；氣流從肺部送出，經過聲帶、產生摩擦而振動，然後在口腔產生共鳴而成音，就是ㄛ。國際音標寫做 [ɔ]。教育部公告的〈台灣閩南語音標系統〉寫做「oo」。

詞例

請讀出下列字詞，並且用心體會 ㄛ（oo）的發音部位和發音方法：

糊塗	ㄏㆦˊ ㄉㆦˊ	hoo⁵too⁵
補助	ㄅㆦˋ ㄗㆦ̄	poo²coo⁷
粗魯	ㄘㆦ ㄌㆦˋ	choo¹loo²
古都	ㄍㆦˋ ㄉㆦ	koo²too¹

3-5 ㆦ o [o,ə] (代表漢字是「蚵」)

台語 注音符號	代表漢字	《臺灣閩南 語音標系統》	教會羅馬字	國際 音標
ㆦ	蚵	o	o	o

發音說明　圓唇、半高、後元音

　　發音時，雙唇成圓形，張開的程度在ɔ、u 之間，舌頭隨著下牙床移到半高的位置，並且略為向後，舌面後微微抬起；氣流從肺部送出，經過聲帶、產生摩擦而振動，然後在口腔產生共鳴而成音，就是ㆦ。國際音標寫做 [o]。教育部公告的〈台灣閩南語音標系統〉寫做「o」。

　　這個音，臺灣北部腔和海口腔，如：臺北縣市的大部分地區、新竹市、中部梧棲、沙鹿、清水、龍井北半部、鹿港及其周圍地區、褒忠、台西----等地，口型比較圓，中部地區不很圓，南部地區則已經變為展唇而不圓，台南地區(尤其是臺南市)的讀音實際上已經是 中央元音[ə] 了。

請讀出下列字詞，並且用心體會ㄛ(o) 的發音部位和發音方法：

勞保	ㄌㄛˊ ㄅㄛˋ	lo^5po^2
報導	ㄅㄛㄥ ㄉㄛㆠ	po^3to^7
曹操	ㄗㄛˊ ㄘㄛㄥ	co^5cho^3
阿咾	ㄛ ㄌㄛˋ	o^1lo^2

3-6. ㄨ u [u]（代表漢字是「汙」）

台語注音符號	代表漢字	《臺灣閩南語音標系統》	教會羅馬字	國際音標
ㄨ	汙	u	u	u

　　　　　圓唇、最高、後元音

　　發音時，雙唇略爲張開，成圓形，舌頭隨著下牙床移到半高的位置，同時略爲向後，舌面後微微抬起；氣流從肺部送出，經過聲帶、產生摩擦而振動，然後在口腔產生共鳴而成音，就是ㄨ。國際音標寫做 [u]。教育部公告的〈台灣閩南語音標系統〉也寫做「u」。

請讀出下列字詞，並且用心體會ㄨ(u)的發音部位和發音方法：

師資	ㄙㄨ　ㄗㄨ	su^1cu^1
富庶	ㄏㄨㄥ　ㄙㄨㄥ	hu^3su^3
侏儒	ㄗㄨ　ㄖㄨˊ	cu^1ju^5
富裕	ㄏㄨㄥ　ㄖㄨㆷ	hu^3ju^7

3-7 漳州家　ㄝ　ee　[ɛ]　（代表漢字是「家」，稱為「漳州家」。）

台語 注音符號	代表漢字	《臺灣閩南 語音標系統》	教會羅馬字	國際 音標
ㄝ	家	ee	（缺）	ɛ

　　　展唇、半低、前元音

發音時，雙唇自然張開，比發 a 略小，舌頭隨著下牙床下移到半低的位置，並且略為向前，舌面前微微抬起；氣流從肺部送出，經過聲帶、產生摩擦而振動，然後在口腔產生共鳴而成音，就是ㄝ。國際音標寫做 [ɛ]。教育部公告的〈台灣閩南語音標系統〉寫做「ee」。

這個音在台灣已經很少見了，本書只舉一二詞例。

請讀出下列字詞，並且用心體會 ㄝ (ee)的發音部位和發音方法：

老父	ㄌㄠ˪ ㄅㄝ˫	lau⁷pee⁷
陛下	ㄅㄝㄥ˪ ㄝ˫	pe³ee⁷
蝦仔鮭	ㄏㄝˊ ㄚˋ ㄍㄝˊ	hee⁵a²ke⁵

3-8. 海口「鍋」 ㆤ er [ɘ] (代表漢字是「鍋」，稱爲「海口鍋」，或稱爲「泉州鍋」。)

台語注音符號	代表漢字	《臺灣閩南語音標系統》	教會羅馬字	國際音標
ㆤ	鍋	er	(缺)	ɘ

　　　展唇、半高、央元音(略上、略前)

發音時，雙唇自然略略張開，舌頭隨著下牙床下移到半高而居中的位置，舌面央微微抬起；氣流從肺部送出，經過聲帶、產生摩擦而振動，然後在口腔產生共鳴而成音，就是ㆤ。國際音標寫做 [ɘ]。教育部公告的〈台灣閩南語音標系統〉寫做「er」。

這個音在台灣比較少見，只有海口腔的老年人和一小部份的中青少年會使用，本書只略舉幾個詞例。

詞例

請讀出下列字詞，並且用心體會ㄜ（er）的發音部位和發音方法：

炊粿 ㄘㄜ ㄍㄜˋ	cher¹ker²
過火 ㄍㄜㄥ ㄏㄜˋ	ker³her²
狗尾鍋 ㄍㄠˋ ㄅㄜˋ ㄜ	kau²ber²er¹
賠[罪] ㄅㄜˊ ㄗㄨㄜㄏ	per⁵cue⁷

3-9. 海口「於」 ㄨ ir [ɨ] （代表漢字是「於」，稱為「海口於」，或稱為「泉州於」。）

台語 注音符號	代表漢字	《臺灣閩南 語音標系統》	教會羅馬字	國際 音標
ㄨ	於	ir	（缺）	ɨ

發音說明　展唇、最高、央元音

發音時，雙唇自然略略張開，舌頭隨著下牙床移到高位，同時居中，舌面央微微抬起；氣流從肺部送出，經過聲

帶、產生摩擦而振動，然後在口腔產生共鳴而成音，就是ㄨ。國際音標寫做[ɨ]。教育部公告的〈台灣閩南語音標系統〉寫做「ir」。

這個音，如果前接齒音和舌音 c 、ch 、s 、t、th、l 等音，舌位會前移；如果前接舌根音(即「舌面後音」)和喉音 k 、kh 、 g 、h 等音，舌位會後移。

這個音在台灣比較少見，只有海口腔的老年人和一小部份的中青少年會使用，本書只略舉幾個詞例。

┌─────┐
│ 詞例 │
└─────┘

請讀出下列字詞，並且用心體會ㄨ（ir）的發音部位和發音方法：

師資	ㄙㄨ ㄗㄨ	sir[1]cir[1]
女士	ㄌㄨˋ ㄙㄨˊ	lir[2]sir[7]
御史	ㄍㄨˊ ㄙㄨˋ	gir[7]sir[2]
私事	ㄙㄨ ㄙㄨˊ	sir[1]sir[7]

第四章 鼻化元音 和韻化輔音

第一節 鼻化元音

「鼻化」和「鼻音韻尾」不同，鼻音韻尾是元音之後再發出鼻音，「鼻化」是發出元音的同時，也發出鼻音。

元音（後面）＋ 鼻音成分 ＝ 鼻尾韻（陽聲）
元音（上加）＋ 鼻音成分 ＝ 鼻化韻

從具有「鼻音成分」來說，「鼻化韻」和「鼻尾韻」都是「鼻音韻」；從「韻尾成分」來說，「鼻化韻」不是「鼻尾韻」，「鼻化韻」是一種「開尾韻」，和純元音的「開尾韻」同類。一般所謂「陽聲韻」，是指「鼻尾韻」而言；一般所謂「陰聲韻」，是指純元音的「開尾韻」而言；這個時候，「鼻化韻」常常無法確定屬於「陰聲韻」還是「陽聲韻」。

在台灣語裡，「鼻化韻」是和「開尾韻」互為詩歌的韻腳，不和「陽聲韻」押韻，「鼻化韻」應該比較靠向「陰聲韻」。因為音韻概念不同，台灣語的韻母稱呼，在概念明晰的要求下，我們避免使用「陰聲韻」「陽聲韻」這樣的簡單分法。

「鼻化韻」由「鼻化元音」組成（或者說是由鼻化成分和元音共同組成），臺灣語共有五個鼻化元音，亦即：

ㄚ 餡 ann　　ㄝ 嬰(漳) enn　　ㄧ 燕 inn
ㆦ 好[惡] onn　*ㄨ 羊 unn

以上五個鼻化元音，可以視爲和前六個元音不同的元音，而再給予五個符號。但是，如果這麼做，元音符號的數目會增多，學習比較困難。如果視爲上述一般元音的鼻化，那麼只要設計一個鼻化符號便可。國際音標在元音上標以[~]，教會羅馬字以上標的 n，例如鼻化的 a 寫爲：a^n，來表示。國際音標和教會羅馬字的音標設計，由於其打字方法不便、電腦傳輸困難、網際網路難傳等原因，因此教育部公告的臺灣語言音標(TLPA)採取 nn 聯綴在一般元音後面，這是目前臺灣閩南語羅馬字各式辦法中最好的。

4.1 鼻化成分　(透過的小圈)　nn　[~]

台語注音符號	代表漢字	《臺灣閩南語音標系統》	教會羅馬字	國際音標
透過的小圈	未獨立	nn	^{n}	~

發元音時，除了舌頭形成幾種不同的舌位（造成元音）以外，軟顎放鬆下垂，讓胸腔的氣流，經過聲帶、產生摩擦而振動後，轉從鼻腔產生共鳴而外出。國際音標以[~]加於一般元音之上，例如：[ĩ][ẽ][ã][ɔ̃][õ][ũ]等。臺灣閩南語中，除了[ɔ̃][õ]不分以外，共有五個鼻化元音：[ĩ][ẽ][ã][õ]([ɔ̃])[ũ]，音標分別寫做：ㄧ̣(inn)、ㄝ̣(enn)、ㄚ̣(ann)、ㄧㄛ̣(onn)、ㄨ̣(unn)。

這些鼻化元音前面，不接ㄅ(b-)、ㄌ(l-)、ㄍ(g-)等三個聲母，可以接其餘各種聲母。換句話說，我們不會有ㄅㄧ̣ˊ(binn⁵)、ㄌㄧ̣ˊ(linn⁵)、ㄍㄧ̣ˊ(ginn⁵)等拼寫法，凡是ㄅㄧ̣ˊ(binn⁵)、ㄌㄧ̣ˊ(linn⁵)、ㄍㄧ̣ˊ(ginn⁵)一類的音讀，我們拼音為ㄇㄧ̣ˊ(minn⁵)、ㄋㄧ̣ˊ(ninn⁵)、ㄫㄧ̣ˊ(nginn⁵)，然後再省略其鼻化記號「透過的小圈」(-nn)，因為ㄇ m-、ㄋ n-、ㄫ ng-等聲母後面的韻母必然鼻化，故鼻化記號可以省略不寫。亦即：

$$\text{ㄅㄧ̣ˊ} \Rightarrow \text{ㄇㄧ̣ˊ} \Rightarrow \text{ㄇㄧˊ}$$
$$(\text{binn}^5 \Rightarrow \text{minn}^5 \Rightarrow \text{mi}^5)$$
$$\text{ㄌㄧ̣ˊ} \Rightarrow \text{ㄋㄧ̣ˊ} \Rightarrow \text{ㄋㄧˊ}$$

$(linn^5 \Rightarrow ninn^5 \Rightarrow ni^5)$

《ㄥ↓ˊ ⇒ ㄤ↓ˊ ⇒ ㄤㄧˊ

$(ginn^5 \Rightarrow nginn^5 \Rightarrow ngi^5)$

餘此類推。這種拼寫法，讓每個音節短一些，實際讀音時，不要忘記元音以外還具有鼻化成分。

　　大概而言，海口腔以外的臺灣閩南語具有的主要元音：ㄧ (i)、ㄝ(e)、ㄚ(a)、ㆦ(oo)、ㆦ(o)、ㄨ(u) 等，其中 ㆦ o 和 ㆦ oo 鼻化以後的 ㆲ onn 和ㆲ oonn 沒有辨義作用，如：

ㄝ ㄚˋ ㆲ ㆲ ㄎㄨㄣㄥ = ㄝ ㄚˋ ㆲ ㆲ ㄎㄨㄣㄥ
$enn^1a^2 \; onn^1onn^1khun^3 = enn^1a^2 \; oonn^1oonn^1khun^3$
嬰 仔 嗯 嗯 睏　 嬰 仔 嗯 　嗯 　睏
(enn^1a^2 為南部腔，北部腔 為 inn^1a^0)

ㄗㄨㄧˋ ㄌㄝˊ ㆲ ㆲ 《ㄧㆦㄥ
　　 = ㄗㄨㄧˋ ㄌㄝˊ 　ㆲ ㆲ 《ㄧㆦㄥ
$cui^2le^5 \; oonn^1oonn^1kio^3 = cui^2le^5 \; onn^1onn^1kio^3$
水 雷 嗡 嗡 叫　 水 雷 嗡 嗡 叫

因此只要一套 ㆲ(onn) 便可，通常不需要分別ㆲ(onn)和ㆲ(oonn)。其餘元音則各有相配的鼻化元音。

　　雖然只要一套 onn ，但是在省略鼻化記號 (–nn) 的時候，有時候需要分別ㆦ(o)和ㆦ(oo)。例如：

詞　　例	標音法	建議不要寫成
阿娘仔	ㄚ ㄋㄧㆤˊ ㄚˋ a^1 nioo^5 a^2	ㄚ ㄋㄧㆤˊ ㄚˋ a^1 nio^5 a^2
毛	ㄇㆤˊ moo^5	ㄇㆤˊ mo^5
怪老子	ㄍㄨㄞㄥ ㄋㆤˋ ㄗㄨˋ kuai^3 noo^2 cu^2	ㄍㄨㄞㄥ ㄋㆤˋ ㄗㄨˋ kuai^3 no^2 cu^2
吾	ㄫㆤˋ ngoo^2	ㄫㆤˋ ngo^2

其餘類推之。

詞例

請讀出下列字詞，並且用心體會鼻化音 (-nn) ㄚ ㆤㄧㄨㆤ的發音部位和發音方法：

敢若	ㄍㄚˋ ㄋㄚˋ	kann^{2}na(nn)^2
硬殿	ㄫㆤㄏ ㄅㆤㄥ	nge(nn)^{7}tenn^3/tinn^3
鮮麵	ㄑㄧ ㄇㄧㄏ	chinn^{1}mi(nn)^7
鼾鼾叫 ㄏㆦㄏ ㄏㆦㄏ ㄍㄧㆦㄥ	honn^{7}honn^{7}kio^3
漿漿	ㄐㄧㄨ。 ㄐㄧㄨ。	ciunn^{1}ciunn^1
藍衫	ㄋㄚˊ ㄙㄚ	na(nn)^{5}sann^1
平平	ㄅㆤˊ ㄅㆤˊ	penn^{5}penn^5
棉棉	ㄇㄧˊ ㄇㄧˊ	mi(nn)^{5}mi(nn)^5
嫦娥	ㄒㄧㄤˊ ㄫㆤˊ	siong^{5}ngoo(nn)^5
鴛鴦	ㄨㄢ ㄧㄨ。	uan^{1}iunn^1

第二節　韻化輔音

　　音節的「主要元音」部分，通常都是採用「元音」，因為元音比較響亮，但是臺灣閩南語除了採用一般元音 (學術上或稱爲「口元音」) 和鼻化元音以外，還有「韻化輔音」。所謂「韻化輔音」就是取用響度比較大的輔音來做爲主要元音，這等於是輔音化爲韻母的主成份，就這個用法的輔音而言，是個韻化後的輔音，因此稱爲「韻化輔音」。一般「韻化輔音」可以有：m、n、ng(ŋ)、ɳ、l、r、v、z 等，臺灣閩南語則採用 m、ng 兩個來構音，國際音標分別寫爲 [m̩]、[ŋ̍]。我們把這兩個「韻化輔音」和代表漢字陳列如下：

ㄇ（m）姆　　　　ㄫ（ng）秧

茲分述如下：

4-2 韻化輔音　ㄇ　m　(姆)

台語 注音符號	代表漢字	《臺灣閩南語 音標系統》	教會羅馬字	國際 音標
ㄇ	姆	m	m	m̩

發音說明　雙唇韻化鼻輔音

韻化輔音 ㆬ（m）發音時，雙唇閉合，舌頭自然停放，胸腔的氣流經過喉頭聲帶的震動，然後來到口腔，由於雙唇緊閉，氣流無法通過口腔外出，因此轉從鼻腔出來而成音，國際音標寫為 [m̩]。

詞例

請讀出下列字詞，並且用心體會韻化輔音 m 的發音部位和發音方法：

阿姆　ㄚ　ㆬˋ	$a^{1}m^{2}$
媒人　ㄏㆬˊ　ㄌㄤˊ	$hm^{5}lang^{5}$
丈姆　ㄉㄧㆧ˫　ㆬˋ	$tionn^{7}m^{2}$
毋通　ㆬ˫　ㄊㄤ	$m^{7}thang^{1}$
茅仔　ㆬˊ　ㄚˋ	$m^{5}a^{2}$
毋是　ㆬ˫　ㄒㄧ˫	$m^{7}si^{7}$
樹梅　ㄑㄧㄨ˫　ㆬˊ	$chiu^{7}m^{5}$
發莯　ㄏㄨㄚㆵ　ㆬˊ	$huat^{4}m^{5}$
阿姆默默食梅子，不去做媒人。 ㄚ ㆬˋ ㄏㆬㆷ˙ ㄏㆬㆷ˙ ㄐㄧㄚㆷ˙ ㆬˊ ㄚˋ， ㆬ˫ ㄎㄧ˪ ㄗㄛ˪ ㄏㆬˊ ㄌㄤˊ。 $a^{1}m^{2}$ $hmh^{8}hmh^{8}ciah^{8}m^{5}a^{2}$,$m^{7}khi^{3}co^{3}hm^{5}lang^{5}$.	

4-3 韻化輔音　兀　ng　(秧)

台語注音符號	代表漢字	《臺灣閩南語音標系統》	教會羅馬字	國際音標
兀	秧	ng	ng	ŋ

發音說明　舌根韻化鼻輔音

　　韻化輔音兀 ng (秧) 發音時，雙唇自然微開，舌頭自然停放，軟顎下放，與舌面後接觸，胸腔的氣流經過喉頭聲帶的震動，然後來到口腔，由於通道緊閉，氣流無法通過口腔外出，因此轉從鼻腔出來而成音，國際音標寫為 [ŋ]。

詞例

　　請讀出下列字詞，並且用心體會韻化輔音兀(ng) 的發音部位和發音方法：

黃痠	兀ˊ　ㄙ兀	ng^5sng^1
損斷	ㄙ兀ˋ　ㄅ兀ㆷ	sng^2tng^7
扛轎	ㄍ兀　ㄍㄧㆦㆷ	kng^1 ㄍ kio^7
拍算	ㄆㄚˊ　ㄙ兀ㄥ	$phah^4sng^3$
糠飯	ㄎ兀　ㄅ兀ㆷ	$khng^1png^7$

糖霜	ㄊㄥˊ ㄙㄥ	thng⁵sng¹
肚腸	ㄉㆦ˪ ㄉㄥˊ	too⁷tng⁵
田園	ㄘㄢˊ ㄏㄥˊ	chan⁵hng⁵
軁鑽，毋值拄等(搪)。 ㄋㄥㄥ ㄗㄥㄥ ，ㅁㄏ ㄅㄚㄉ˙ ㄉㄨㄟ ㄉㄥㄏ 。 nng³cng³,m⁷tat⁸tu²tng⁷.		

第五章　介音

　　「介音」是音節中介乎聲母和主要元音之間的成分，臺灣閩南語出現在音節結構的介音部份一共有三種情況：

　　　　甲、有介音 ㄧ　i　(-i-)
　　　　乙、有介音 ㄨ　u　(-u-)
　　　　丙、無介音（可以稱爲「零介音」，記爲 φ）

例如：

　　　　寄　ㄍㄧㄚㄥ　(kia³) ： 有介音 ㄧ (i)
　　　　蓋　ㄍㄨㄚㄥ　(kua³) ： 有介音 ㄨ (u)
　　　　教　ㄍㄚㄥ　　(ka³) ： 無介音（有「零介音」）

音名：

　　　　我們把介音 ㄧ (i) [i] 稱爲「開口介音」，
　　　　我們把介音 ㄨ (u) [u] 稱爲「合口介音」。
　　另外依規定，文字音標橫行時寫爲「ㄧ」，直行時寫爲「一」。

5-1. 開口介音 ㄧ (i) (伊)

台語注音符號	代表漢字	《臺灣閩南語音標系統》	教會羅馬字	國際音標
ㄧ	伊	i	i	i

開口介音 ㄧ（i） 是展唇高前元音，和主要元音 ㄧ（i）的發音方法、發音部位一樣，不是半元音。不過，做為主要元音的 ㄧ（i)發音持續的時間比較長，如果沒有韻尾的話，發音持續的時間更長。做為介音的 i ，發音持續的時間大抵比較短，但是，比北京語的介音 j(通常寫做 "ㄧ" 或 "i"）發音持續的時間長。

詞例

請讀出下列字詞，並且用心體會介音 ㄧ（i）的發音部位和發音方法：

妖精	ㄧㄠ ㄐㄧㄚ	$iau^1 ciann^1$
鹽埕	ㄧㆰˊ ㄅㄧㄚˊ	$iam^5 tiann^5$
延長	ㄧㄢˊ ㄅㄧㆲˊ	$ian^5 tiong^5$
醃腸	ㄧㄢ ㄑㄧㄤˊ	$ian^1 chiang^5$

5-2. 合口介音 ㄨ（u）（污）

台語注音符號	代表漢字	《臺灣閩南語音標系統》	教會羅馬字	國際音標
ㄨ	污	u	u	u

發音說明

　　合口介音 ㄨ（u）是圓唇高後元音，和主要元音ㄨ（u）的發音方法、發音部位一樣，不是半元音。不過，做為主要元音的 ㄨ（u）發音持續的時間比較長，如果沒有韻尾的話，發音持續的時間更長。做為介音的 ㄨ（u），發音持續的時間大抵比較短，但是，比北京語的介音 w（通常寫做 "ㄨ" 或"u"）發音持續的時間長。

詞例

　　請讀出下列字詞，並且用心體會介音 ㄨ（u)的發音部位和發音方法：

完全	ㄨㄢˊ ㄗㄨㄢˊ	uan⁵cuan⁵
喘氣	ㄘㄨㄢˋ ㄎㄨㄧㄥ	chuan²khui³
捐款	ㄍㄨㄢ ㄎㄨㄢˋ	kuan¹khuan²
歪舛	ㄨㄞ ㄘㄨㄚˋ	uai¹chua²

第六章　韻尾（含「韻末」）

在音節結構「主要元音」的後面，通常出現的「韻尾」只有一個。臺灣閩南語在「主要元音」後面可能出現「韻尾」，也有可能是「韻末 + 韻尾」。「韻末」是介於「主要元音」和「韻尾」之間的元音成分，爲了敘述上的簡便，我們把「韻末+韻尾」合稱爲「複合韻尾」。

臺灣閩南語的韻尾可以分爲：

(1) 元音韻尾

　　ㄧ（i）　伊　（「該」的後ㄧ成分）
　　ㄨ（u）　污　（「鉤」的後ㄧ成分）

(2) 輔音韻尾

　　①鼻音韻尾：

　　ㄇ　m　　（甘）　雙唇鼻音韻尾
　　ㄣ　n　　（奸）　舌尖鼻音韻尾
　　ㄤ　ng　（工）　舌根鼻音韻尾

　　②塞音韻尾：

ㄅ　p　(蛤)　　雙唇塞音韻尾
ㄉ　t　(結)　　舌尖塞音韻尾
ㄍ　k　(角)　　舌根塞音韻尾
ㄏ　h　(甲)　　喉塞(音)韻尾

(3) 複合韻尾：

ㄧㄏ　ih □　　　(ㄞ的韻尾) 前-喉塞複合韻尾
ㄨㄏ　uh □　　　(ㄠ的韻尾) 後-喉塞複合韻尾
ㄧㄏ　innh □　　(ㄞ的韻尾) 前-喉塞鼻化複合韻尾
ㄨㄏ　unnh □　　(ㄠ的韻尾) 後-喉塞鼻化複合韻尾

「塞音韻尾」又稱為「入聲韻尾」，其取名為「塞音韻尾」
是由於這種韻尾是一種用力阻塞的輔音，又稱為「入聲韻尾」
是由於這種韻尾用力阻塞、切斷音流，類似將語音收入而不
發出。茲分述如下：(另外依規定，文字音標橫行時寫為「ㄧ」
「ㄨ」，直行時寫為「ー」「ᅳ」。)

6-1　元音韻尾　ㄧ (i)　伊

台語注音符號	代表漢字	《臺灣閩南語音標系統》	教會羅馬字	國際音標
ㄧ	伊	i	i	i

　　展唇最高前元音韻尾

　　元音韻尾 i 發音時接續於主要元音之後，口型和舌位都承接主要元音而漸漸轉變過來，最後變爲展唇最高前元音 ㄧ(i)，略做持續，然後停止發音。國際音標寫做 [i]。作爲韻尾的 ㄧ(i)，和作爲元音的 ㄧ(i)，口型和舌位相同，不同的是作爲韻尾的 ㄧ(i)，時間較短，有時還會由於鬆懶而舌位略低於 ㄧ(i)、同時語音微微含混。

詞例

　　請讀出下列字詞，並且用心體會元音韻尾 i 的發音部位和發音方法：

ㄧ	-i	愛婿 ㄞㄥ ㄙㄞㄥ	ai^3sai^3
		違規 ㄨㄧˊ ㄍㄨㄧ	ui^5kui^1
		內海 ㄌㄞ˫ ㄏㄞˋ	lai^7hai^2
		匪類 ㄏㄨㄧˋ ㄌㄨㄧ˫	hui^2lui^7

6-2　元音韻尾　ㄨ（u）　污

台語注音符號	代表漢字	《臺灣閩南語音標系統》	教會羅馬字	國際音標
ㄨ	污	u	u	u

　圓唇最高後元音韻尾

　　元音韻尾 ㄨ（u）發音時接續於主要元音之後，口型和舌位都承接主要元音而漸漸轉變過來，最後變爲圓唇最高後元音 ㄨ（u），略做持續，然後停止發音。國際音標寫做[u]。作爲韻尾的 ㄨ（u），和作爲元音的 ㄨ（u），口型和舌位相同，不同的是作爲韻尾的 ㄨ（u），時間較短，有時還會由於鬆懶而舌位略低於 ㄨ（u）、同時語音微微含混。

詞例

　　請讀出下列字詞，並且用心體會元音韻尾 i 、 u 的發音部位和發音方法：

ㄨ -u	灶頭 ㄗㄠㄥ ㄊㄠˊ	cau³thau⁵
	薅草 ㄎㄠ ㄘㄠˋ	khau¹chau²
	臭老 ㄘㄠㄥ ㄌㄠㄏ	chau³lau⁷
	草猴 ㄘㄠˋ ㄍㄠˊ	chau² kau⁵

6-3　鼻音韻尾　ㄇ m （甘）

台語 注音符號	代表漢字	《臺灣閩南語 音標系統》	教會羅馬字	國際 音標
ㄇ	甘	m	m	m

雙唇鼻音韻尾

鼻音韻尾 m 發音時接續於主要元音之後，上下唇自然由開而閉合，。這時，口腔的氣流被雙唇切斷，軟顎鬆放下來，從胸腔送出的氣流轉自鼻腔產生共鳴、短時間持續而成音。國際音標寫做 [m]。

詞例

請讀出下列字詞，並且用心體會鼻音韻尾 m 的發音部位和發音方法：

ㄇ -m	貪心 ㄊㆰ ㄒㄧㄇ		$tham^1sim^1$
	兼任 ㄍㄧㆰ ㄐㄧㄇㆷ		$kiam^1jim^7$
	檢驗 ㄍㄧㆰˋ ㄍㆤㄧㆰㆷ		$kiam^2giam^7$
	慘淡 ㄘㆰˋ ㄅㆰㆷ		$cham^2tam^7$

6-4 鼻音韻尾 ㄣ n (奸)

台語注音符號	代表漢字	《臺灣閩南語音標系統》	教會羅馬字	國際音標
ㄣ	奸	n	n	n

舌尖鼻音韻尾

　　鼻音韻尾 n 發音時接續於主要元音之後，唇形自然，舌頭抬起，頂在上齒背。這時，口腔的氣流被舌齒切斷，軟顎鬆放下來，從胸腔送出的氣流轉自鼻腔產生共鳴、短時間持續而成音。國際音標寫做 [n]。

詞例

　　請讀出下列字詞，並且用心體會鼻音韻尾 n 的發音部位和發音方法：

	艱難 ㄍㄢ ㄌㄢˊ	kan¹lan⁵
ㄣ -n	安全 ㄢ ㄗㄨㄢˊ	an¹cuan⁵
	仙丹 ㄒㄧㄢ ㄉㄢ	sian¹tan¹
	先天 ㄒㄧㄢ ㄊㄧㄢ	sian¹thian¹

6-5 鼻音韻尾　ㄫ　ng　（工）

台語 注音符號	代表漢字	《臺灣閩南語 音標系統》	教會羅馬字	國際 音標
ㄫ	工	ng	ng	ŋ

發音說明　舌根鼻音韻尾

鼻音韻尾 ng 發音時接續於主要元音之後，唇形自然，舌面後抬起，頂在軟顎。這時，口腔的氣流被舌根切斷，軟顎鬆放下來，從胸腔送出的氣流轉自鼻腔產生共鳴、短時間持續而成音。國際音標寫做 [ng] 。

词例

請讀出下列字詞，並且用心體會鼻音韻尾 ng 的發音部位和發音方法：

兀 -ng	紅人 ㄤˊ ㄌㄤˊ	ang⁵lang⁵
	明朗 ㄅ丨ㄥˊ ㄌㄛˋ	bing⁵long²
	勇壯 丨ㄛˋ ㄗㄛㄥ	iong²cong³
	清涼 ㄑ丨ㄥ ㄌ丨ㄤˊ	ching¹liang⁵

6-6 塞音韻尾　ㄅ　p （蛤）

台語注音符號	代表漢字	《臺灣閩南語音標系統》	教會羅馬字	國際音標
ㄅ	蛤	p	p	p

發音說明　雙唇塞音韻尾

塞音韻尾 ㄅ(p) 發音時接續於主要元音之後,上下唇自然由開而閉合。這時,口腔的氣流被雙唇切斷,軟顎上提,又阻斷鼻腔通道。從胸腔送出的氣流無法由口腔外出、也無法由鼻腔外出,音流戛然而止。換句話說,只有成阻,沒有持阻,也沒有除阻;國際音標借用 [p] 來表示。

| 詞例 |

請讀出下列字詞,並且用心體會塞音韻尾 p 的發音部位和發音方法:

ㄅ -p	雜插 ㄗㄚㄅ˙ ㄘㄚㄅ	cap^{8}chap^4
	插雜 ㄘㄚㄅ ㄗㄚㄅ˙	chap^{4}cap^8
	捷捷 ㄐㄧㄚㄅ˙ ㄐㄧㄚㄅ˙	ciap^{8}ciap^8
	澀澀 ㄒㄧㄚㄅ ㄒㄧㄚㄅ	siap^{4}siap^4

6-7 塞音韻尾 ㄉ t (結)

台語 注音符號	代表漢字	《臺灣閩南語 音標系統》	教會羅馬字	國際 音標
ㄉ	結	t	t	t

舌尖塞音韻尾

　　塞音韻尾 ㄉ(t) 發音時接續於主要元音之後，唇形自然，舌頭抬起，頂在上齒背。這時，口腔的氣流被舌齒切斷，軟顎上提，又阻斷鼻腔通道。從胸腔送出的氣流無法由口腔外出、也無法由鼻腔外出，音流戛然而止。換句話說，只有成阻，沒有持阻，也沒有除阻；國際音標借用 [t] 來表示。

詞例

　　請讀出下列字詞，並且用心體會塞音韻尾 t 的發音部位和發音方法：

ㄉ -t	直達 ㄉㄧㄉ˙ ㄉㄚㄉ˙	tit^8tat^8
	七日 ㄑㄧㄉ ㄐㄧㄉ˙	$chit^4jit^8$
	節力 ㄗㄚㄉ ㄌㄚㄉ˙	cat^4lat^8
	密密 ㄅㄚㄉ˙ ㄅㄚㄉ˙	bat^8bat^8

6-8　塞音韻尾　《　k　（角）

台語注音符號	代表漢字	《臺灣閩南語音標系統》	教會羅馬字	國際音標
《	角	k	k	K

　　塞音韻尾 《(k) 發音時接續於主要元音之後，唇形自然，舌面後抬起，頂在軟顎。這時，口腔的氣流被舌面後切斷，軟顎上提，又阻斷鼻腔通道。從胸腔送出的氣流無法由口腔外出、也無法由鼻腔外出，音流戛然而止。換句話說，只有成阻，沒有持阻，也沒有除阻；國際音標借用 [k] 來表示。

　　詞例

　　請讀出下列字詞，並且用心體會塞音韻尾 k 的發音部位和發音方法：

《 -k	齷齪 ㄚ《 ㄗㄚ《	ak^4cak^4
	約束 ㄧㆦ《 ㄙㆦ《	iok^4sok^4
	俗俗 ㄒㄧㆦ《˙ㄒㄧㆦ《˙	$siok^8siok^8$
	綠竹 ㄌㄧ《˙ㄉㄧ《	lik^8tik^4

6-9　塞音韻尾　　　ㄏ　h　(甲)

台語注音符號	代表漢字	《臺灣閩南語音標系統》	教會羅馬字	國際音標
ㄏ	甲	h	h	ʔ

塞音韻尾 ㄏ(h) 發音時接續於主要元音之後，聲帶閉合。這時，口腔的氣流被聲帶切斷，從胸腔送出的氣流阻斷在聲門，無法由口腔與鼻腔外出，音流戛然而止。換句話說，只有成阻，沒有持阻，也沒有除阻；國際音標借用 [h] 來表示。

詞例

請讀出下列字詞，並且用心體會塞音韻尾 h 的發音部位和發音方法：

ㄏ -h	默默 ㄏㄇㄏˑ ㄏㄇㄏˑ	hmh^8hmh^8
	食癖 ㄐㄧㄚㄏˑ ㄆㄧㄚㄏ	$ciah^8phiah^4$
	八月 ㄅㆤㄏ ˑㄍㄨㆤㄏ	peh^4gueh^0
	鴨肉 ㄚㄏ ㄅㄚㄏ	ah^4bah^4

6-10　複合韻尾　　ih　[iʔ]

台語注音符號	《臺灣閩南語音標系統》	教會羅馬字	國際音標
ㄧㄏ	ih	ih	iʔ

（前-喉塞複合韻尾）

複合韻尾是在主要元音後，舌位先上移到舌面前，然後再閉合聲帶。換句話說，主要元音後面、先出現高前元音 ㄧ(i)， 然後再出現喉塞音韻尾 ㄏ [ʔ]。這時候，ㄧ(i)屬於「韻末」，喉塞成份屬於「韻尾」，二者合稱「複合韻尾」。國際音標寫做 [iʔ]。

詞例

請讀出下列字詞，並且用心體會複合韻尾 ㄧㄏ(ih) 的發音部位和發音方法。這種韻尾不多，現在舉例如下：

(1) ㄨㄞㄏ uaih [uai] ：
　　ㄅㄨㄞㄏ buaih⁴ □ (不要)

(2) ㄞㄏ aih [aiʔ] ：
　　ㄝˋ ㄅㄞㄏ ㄅㄞㄏ e²taih⁴taih⁴　矮□□ (很矮)
　　ㄞㄏ aih⁴ □ (噯)

6-11　複合韻尾　　uh　[uʔ]

台語注音符號	《臺灣閩南語音標系統》	教會羅馬字	國際音標
ㄨㄏ	uh	uh	uʔ

發音說明　　（後-喉塞複合韻尾）

複合韻尾是在主要元音後，舌位先上移到舌面後，然後再閉合聲帶。換句話說，主要元音後面、先出現高後元音 ㄨ（u）然後再出現喉塞音韻尾[ʔ]。 這時候，ㄨ(u)屬於「韻末」，喉塞成份屬於「韻尾」，二者合稱「複合韻尾」。國際音標寫做[uʔ] 。

詞例

請讀出下列字詞，並且用心體會複合韻尾ㄨㄏ(uh) 的發音部位和發音方法。這種韻尾不多，現在舉例如下：

(1) ㄠㄏ auh [auʔ] ：
　　ㄧㄨ ㄍㄠㄏ ㄍㄠㄏ iu¹kauh⁴kauh⁴ 憂餕餕(愁容滿面)

(2) ㄧㄠㄏ iauh [iauʔ] ：
　　ㄅㄧㄥㆵ ㄎㄧㄠㄏ ㄎㄧㄠㄏ ting⁷khiauh⁴khiauh⁴
　　　　　　　　　　　　　　　　　有磽磽 (很硬)
　　ㄐㄧㄥㆵ ㄐㄧㄠㄏ ㄐㄧㄠㄏ cing⁷ciauh⁴ciauh⁴
　　　　　　　　　　　　　　　　　靜寂寂 (寂靜)

ㄑㄧㄠˊ ㄑㄧㄠˊ ㄋㄧˊ chiauh⁸chiauh⁸nih⁴
□□瞷(眨眼)

6-12　複合韻尾　　innh　　[ĩʔ]

台語 注音符號	《臺灣閩南語 音標系統》	教會羅馬字	國際音標
ㄧ ㄏ	innh	iⁿh	ĩʔ

發音說明　　(前-喉塞鼻化複合韻尾)

　　複合鼻化韻尾是在鼻化的主要元音後，繼續鼻化作用，同時舌位先上移到舌面前，然後再閉合聲帶。換句話說，在鼻化下，主要元音後面、先出現高前元音 ㄧ（ĩ），然後再出現喉塞音韻尾 [ʔ]。ㄧ（ĩ）屬於「韻末」，喉塞成份屬於「韻尾」，二者合稱「複合韻尾」。國際音標分別寫做 [ĩʔ]。

詞例

　　請讀出下列字詞，並且用心體會複合韻尾 ㄧㄏ(innh) 的發音部位和發音方法。這種韻尾不多，現在舉例如下：

(1)　ㄞㄏ ainnh [ãĩʔ]
　　　ㄋㄞㄏ ・ㄐㄧㆠ ・ㄎㄧ　　naih⁴jip⁰khi⁰ □入去 (瘣進

去)(又讀)

(2) ㄨㄞㄏ uainnh [ũãĩʔ]

ㄗㄨㄣㄏ ㄍㄨㄞㄏ ㄍㄨㄞㄏ jun⁷kuainnh⁴kuainnh⁴
靭□□ (靭而硬)

ㄨㄞㄏ ㄌㄞˊ ㄨㄞㄏ ㄎㄧㄥ uainnh⁴lai⁵ uainnh⁴khi³
□來□去 (坐著帶動椅子扭來扭去)

6-13 複合韻尾 unnh [ũʔ]

台語 注音符號	《臺灣閩南語 音標系統》	教會羅馬字	國際音標
ㄨㄏ	unnh	uⁿh	ũʔ

发音說明　(後-喉塞鼻化複合韻尾)

　　複合鼻化韻尾是在鼻化的主要元音後，繼續鼻化作用，同時舌位先上移到舌面後，然後再閉合聲帶。換句話說，在鼻化下，主要元音後面、先出現高後元音 ㄨ(ũ)，然後再出現喉塞音韻尾 [ʔ]。ㄨ(ũ)屬於「韻末」，喉塞成份屬於「韻尾」，二者合稱「複合韻尾」。國際音標分別寫做 [ũʔ]。

詞例

請讀出下列字詞，並且用心體會複合韻尾 ㄨₒᵣ(unnh) 的發音部位和發音方法。這種韻尾不多，現在舉例如下：

(1) ㄠᵣ　aunnh [ã̃ʊ̃ʔ]　：

　ㄏㄧ ㄏㄧ ㄏㄠᵣ　hi¹hi¹ haunnh⁴　　虛虛□ (不堅實)

　ㄇㄧ ㄇㄧ ㄇㄠ(ㄠ)ᵣ ㄇㄠ(ㄠ)ᵣ　mi¹mi¹ mauh⁴mauh⁴

　　　　　　　　　　　　　□□□□ (凹凹凸凸)

(2) 丨ㄠᵣ　iaunnh [ĩã̃ʔ]　：

　ㄋㄧ ㄋㄧ ㄋㄧㄠ(ㄠ)ᵣ　ni¹ni¹niauh⁴　　□□□ (多皺紋)

　ㄤㄧㄠ(ㄠ)ᵣ˙ ㄤㄧㄠ(ㄠ)ᵣ˙ ㄗㄤㄥ

　ngiauh⁸ngiauh⁸-cng³　　□□鑽 (鑽動不停)

第七章　臺灣語的基本聲調

　　一般所謂「聲調」，有幾個含義，應該分爲幾個名稱。我們可以把單字念的聲調稱爲「字調」，把由兩字以上組成的「詞」念的聲調稱爲「詞調」，把句子的聲調稱爲「句調」，把成段文字念的聲調稱爲「語調」。在不分別稱呼時，通稱爲「聲調」。有時候口頭說話的聲調也稱爲「語調」，嚴格一點稱爲「口語語調」。本章專門敘述「字調」。

　　在字調上，還可因稱述觀點的不同、而使用不同的名稱。例如「調類」「調位」「調值(質)」「四聲」「八聲」。「調類」是音類之一，往往就是「調位」。從音位的觀點、可以有「調位」，例如「君」字屬於第一「調位」(「調類」)；如果指這個字調實際發音時聲調的高低、長短、曲直、輕重等而言，可以稱爲「調值」，例如「君」的「調值」是「高平調」。

　　臺灣(閩南)語共通腔的基本字調，共有七個調類。分別稱爲「第一調」「第二調」「第三調」「第四調」「第五調」「第七調」「第八調」。如果依漢語中古四聲演化出的調名而言，分別稱爲「陰平」「陽平」「上聲」「陰去」「陽去」「陰入」「陽入」其中因爲沒有「陰上」「陽上」之分，「陽上」大多混同於「陽去」，所以只有「上聲」。這七個調名，傳統的「十五音韻書」則稱爲「上平」「下平」「上聲」「上去」

「下去」「上入」「下入」。現在拿臺灣閩南語七調來和中古漢語比較如下表：

〈臺灣(閩南)語聲調與中古漢語聲調比較如下表〉

中古漢語	平	上	去	入
清聲母	第一調	第二調	第三調	第四調
	陰平調	陰上調	陰去調	陰入調
	上平調	上上調	上去調	上入調
濁聲母	第五調		第七調	第八調
	陽平調		陽去調	陽入調
	下平調		下去調	下入調

　　少數台灣海口腔目前雖然大多是七個調，但是從若干地區的「詞調」變調上可以看到還殘存八個聲調的遺跡。臺中市的方言(尤其是市區)只有六基本字調，但是在「詞調」的變調上也有殘存七個聲調的遺跡。

　　我們還可以把臺灣閩南語的聲調，整理如下表：

〈臺灣閩南語基本字調　調名、調值、例字對照表〉

	平	上	去	入

陰	第一調	第二調	第三調	第四調
	陰平調	陰上調	陰去調	陰入調
注音符號	(無號)	﹨	ㄥ	(無號)
TLPA 音標	1	2	3	4
調值	˧(44：)	˥(53：)	˩(21：,11：)	˧(32：)
例字	東	董	凍	督

陽	第五調	(第六調)	第七調	第八調
	陽平調	(陽上調)	陽去調	陽入調
注音符號	ˊ		ㅏ	•
TLPA 音標	5	(6)	7	8
調值	˨(24：)		˧(33：)	˦(4：)
例字	童	(動)	洞	毒

除了基本字調以外，臺灣閩南語還有兩個「運用調」(名稱暫定)：「第九調」和「輕聲調(第零調)」。

〈臺灣閩南語運用字調 調名、調值、例字對照表〉

調名	第九調	輕聲調(第零調)
注音符號	9(原缺，暫定)	•(標於音節前)
TLPA 音標系統	9	0
調值	˧(35：)	˩(1：)，隨前變調
例字	中央(合音)	(坐)咧,(真)个

字調的舉例

下面的聲調舉例請聽每一個詞的末字，請跟著 CD 發音，同時體會聲音的高低、長短：

7-1 第一調 1 (^{1}) 次高平調 （高平調）

千秋 ㄑㄧㄢ ㄑㄧㄨ	chian^{1}chiu^1
鞦韆 ㄑㄧㄨ ㄑㄧㄢ	chiu^{1}chian^1
觀光 ㄍㄨㄢ ㄍㄜ	kuan^{1}kong^1
公關 ㄍㄜ ㄍㄨㄢ	kong^{1}kuan^1

7-2 第二調 2 (^{2}) 高降調

手股 ㄑㄧㄨˋ ㄍㄜˋ	chiu^{2}koo^2
鼓手 ㄍㄜˋ ㄑㄧㄨˋ	koo^{2}chiu^2
馬屎 ㄅㄝˋ ㄙㄞˋ	be^{2}sai^2
駛馬 ㄙㄞˋ ㄅㄝˋ	sai^{2}be^2

7-3 第三調 3 (^{3}) 低降調 或 低平調

愛意 ㄞㄥ ㄧㄥ	ai$^{i3\cdot3}$
意愛 ㄧㄥ ㄞㄥ	i^{3}ai^3
政見 ㄐㄧㄥㄥ ㄍㄧㄢㄥ	cing^{3}kian^3
見證 ㄍㄧㄢㄥ ㄐㄧㄥㄥ	kian^{3}cing^3

7-4 第四調 4 (^{4}) 中降短調

法國	ㄏㄨㄚㄅ ㄍㆦㄍ	huat^{4}kok^4
國法	ㄍㆦㄍ ㄏㄨㄚㄅ	kok^{4}huat^4
出脫	ㄘㄨㄅ ㄊㄨㄚㄅ	chut^{4}thuat^4
脫出	ㄊㄨㄚㄅ ㄘㄨㄅ	thuat^{4}chut^4

7-5 第五調 5 (^{5}) 中升調

魚鰭	ㄏㄧˊ ㄍㄧˊ	hi^{5}ki^5
旗魚	ㄍㄧˊ ㄏㄧˊ	ki^{5}hi^5
原油	ㆣㄨㄢˊ ㄧㄨˊ	guan^{5}iu^5
猶原	ㄧㄨˊ ㆣㄨㄢˊ	iu^{5}guan^5

7-6 第七調 7 (^{7}) 中平調

戶橂(門檻)	ㄏㆦˋ ㄅㄧㄥˋ	hoo^{7}ting^7
訂戶	ㄅㄧㄥˋ ㄏㆦˋ	ting^{7}hoo^7
會議	ㄏㄨㆤˋ ㆣㄧˋ	hue^{7}gi^7
議會	ㆣㄧˋ ㄏㄨㆤˋ	gi^{7}hue^7

7-7 第八調 8 (^{8}) 高短調

十六	ㄗㄚㆴ˙ ㄌㄚㄍ˙	cap^{8}lak^8

六十	ㄌㄚ«˙ ㄗㄚㄅ˙	lak^{8}cap^8
學歷	ㄏㄚ«˙ ㄌㄧ«˙	hak^{8}lik^8
力學	ㄌㄧ«˙ ㄏㄚ«˙	lik^{8}hak^8

7-8　第九調　9(^{9}) 高平調　(此調ㄅㄆㄇ系統暫缺符號)

明仔<u>ㄅ</u>昏(明晚)	ㄅㄧㄣˊ ㄚˋ ㄧㄥ^9	bin^{5}a^{2}ing^9
<u>無愛要</u>(不想要)	ㄅㄨㄞ^9 ㄞㄥ	buai^{9}ai^3
貓呢(貓咪)	ㄋㄧㄠ ㄋㄧ^9	niau^{1}ni^9
[奶]奶(奶)	ㄋㄝ ㄋㄝ^9	ne^{1}ne^9(又讀)

7-9　輕聲　0(^{0}) 低平調

後日(後天)	ㄠㄏ ˙ㄐㄧㄉ	au^{7}jit^0
寒人(冬天)	ㄍㄨㄚˊ ˙ㄌㄤ	kuann^{5}lang^0
看見	ㄎㄨㄚㄥ ˙ㄍ	khuann^{3}kinn^0
寫起來 ㄒㄧㄚˋ ˙ㄎㄧ ˙ㄌㄞ		sia^2-khi^{0}lai^0

(謹啓：本書第二、三、四章的一部分語料於多年前得
自張裕宏教授、洪惟仁教授，謹此致謝。)

第八章　台灣語的韻母

練習了上述各節的介音、主要元音、韻尾、鼻化以後，我們可以把他結合起來、成爲各種韻母。現在讓我們來嘗試一下，練習聽辨各種韻母。請一邊聆聽錄音帶，一邊依照音標讀讀看。爲了擴大練習的結果，最好把以下每一個例子多念幾遍。

下面我們準備把台灣閩南語所有的韻母分爲：舒聲韻和入聲韻兩大類來介紹，每類再細分爲若干類：

```
         ┌── 舒聲韻
韻母
         └── 入聲韻
```

一、舒聲韻

「舒聲韻」和「入聲韻」相對，入聲韻在發音時，由於塞音韻尾截斷音流的關係，整個音節往往比較短，或者相當短；和入聲韻相對之下，舒聲韻便顯得比較舒長。

舒聲韻包括：陰聲韻、鼻化韻、陽聲韻、聲化韻四種。陰聲韻分爲：無尾韻、前元尾韻、後元尾韻三種，鼻化韻又分爲：無尾鼻化韻、前元尾鼻化韻、後元尾鼻化韻三種，陽聲韻又分爲：雙唇鼻音尾韻、舌尖鼻音尾韻、舌根鼻音尾韻

三種。其分支圖和說明如下：

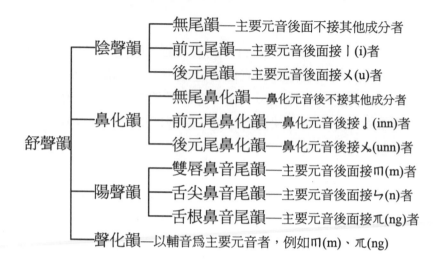

以下無尾韻中的單元音韻母、無尾鼻化韻中的單元音鼻化韻母、和聲化韻雖然上述各節已經介紹並且練習過了，我們還是再一併做簡單的練習，以保持完整性。

下列各韻母後附以國際音標(IPA)於方括號內，讀者可與前幾節對照，以得到音讀消息。音讀舉例中以 □ 來表示暫時無漢字可寫，將來教育部公布標準漢字後再據以補入。以下韻母及其音讀，凡有次方言者，略加註明，例如「海口腔」(或稱為泉州腔)「內埔腔」（或稱為漳州腔）「同」（同安腔）即是。

(一) 陰聲韻

1. 無尾韻

1.1.1

阿 ㄚ a [a]	阿媽 ㄚ ㄇㄚˋ $a^{1}ma^{2}$
	吵抐 ㄘㄚˋ ㄌㄚ˫ $cha^{2}la^{7}$
	腌臢 ㄚ ㄗㄚ $a^{1}ca^{1}$
	跤仔(部下) ㄎㄚ ㄚˋ $kha^{1}a^{2}$

1.1.2

伊 ㄧ i [i]	維持 ㄧˊ ㄑㄧˊ $i^{5}chi^{5}$
	知己 ㄉㄧ ㄍㄧˋ $ti^{1}ki^{2}$
	魚刺 ㄏㄧˊ ㄑㄧ˪ $hi^{5}chi^{3}$
	魚餌 ㄏㄧˊ ㄐㄧ˫ $hi^{5}ji^{7}$

1.1.3

烏 ㆦ oo [ɔ]	糊塗 ㄏㆦˊ ㄉㆦˊ $hoo^{5}too^{5}$
	粗魯 ㄘㆦ ㄌㆦˋ $choo^{1}loo^{2}$
	補助 ㄅㆦˋ ㄗㆦ˫ $poo^{2}coo^{7}$

1.1.4

蚵 ㄜ o [o,ə]	勞保 ㄌㄜˊ ㄅㄜˋ $lo^{5}po^{2}$
	曹操 ㄗㄜˊ ㄘㄜ˪ $co^{5}cho^{3}$
	阿咾 ㄜ ㄌㄜˋ $o^{1}lo^{2}$
	報導 ㄅㄜ˪ ㄉㄜ˫ $po^{3}to^{7}$

1.1.5

污 ㄨ u [u]	師資 ㄙㄨ ㄗㄨ $su^{1}cu^{1}$
	侏儒 ㄗㄨ ㆡㄨˊ $cu^{1}ju^{5}$
	富裕 ㄏㄨ˪ ㆡㄨ˫ $hu^{3}ju^{7}$
	富庶 ㄏㄨ˪ ㄙㄨ˪ $hu^{3}su^{3}$

1.1.6

(內埔) 家 ㄝ ee [ɛ]	老父 ㄌㄠㆵ ㄅㆤㆵ	lau^{7}pee^7
	蝦仔鮭 ㄏㆤˊ ㄚˋ ㄍㆤˊ hee^{5}a^{2}ke^5	
	陛下 ㄅㆤㆵ ㆤㆵ	pe^{7}ee^7(又讀)

1.1.7

(海口) 鍋 ㄜ er [ə]	炊粿 ㄘㄜ ㄍㄜˋ	cher^{1}ker^2
	過火 ㄍㄜㄥ ㄏㄜˋ	ker^{3}her^2
	賠罪 ㄅㄜˊ ㄗㄨㆤㆵ	per^{5}cue^7

1.1.8

(海口) 於 ㄨ ir [ɨ]	師資 ㄙㄨ ㄗㄨ	sir^{1}cir^1
	御史 ㄍㄨㆵ ㄙㄨˋ	gir^{7}sir^2
	女士 ㄌㄨˋ ㄙㄨㆵ	lir^{2}sir^7

1.1.9

耶 ㄧㄚ ia [ia]	夜車 ㄧㄚㆵ ㄑㄧㄚ	ia^{7}chia^1
	爺舍 ㄧㄚˊ ㄒㄧㄚㄥ	ia^{5}sia^3
	斜射 ㄒㄧㄚˊ ㄒㄧㄚㆵ	sia^{5}sia^7

1.1.10

喲 ㄧㆦ ioo [i]	真躼喲? （很高嗎?） ㄐㄧㄣ ㄌㆦㄥ •ㄒㄧㆦ cin^{1}lo^{3}sioo^0
	真躼嘮! （很高的呢!） ㄐㄧㄣ ㄌㆦㄥ •ㄌㄧㆦ cin^{1}lo^{3}lioo^0

1.1.11

腰 ㄧㆦ io [io,iə]	招標 ㄐㄧㆦ ㄅㄧㆦ	cio^{1}pio^1
	小票 ㄒㄧㆦˋ ㄆㄧㆦㄥ	sio^{2}phio^3

	小橋 ㄒㅣㄛˋ ㄍㅣㄛˊ	sio²kio⁵

1.1.12

優 ㅣㄨ iu [iu]	九州 ㄍㅣㄨˋ ㄐㅣㄨ	kiu²ciu¹
	琉球 ㄌㅣㄨˊ ㄍㅣㄨˊ	liu⁵kiu⁵
	優秀 ㅣㄨ ㄒㅣㄨㄥ	iu¹siu³

1.1.13

娃 ㄨㄚ ua[ua]	拖沙 ㄊㄨㄚ ㄙㄨㄚ	thua¹sua¹
	砂紙 ㄙㄨㄚ ㄗㄨㄚˋ	sua¹cua²
	化外 ㄏㄨㄚㄥ ㄍㆦㄨㄚㆷ	hua³gua⁷

1.1.14

(內埔)話 ㄨㄝ uee [uɛ]	擱下 ㄎㄨㄝㄥ ㄏㄝㆷ	khuee³hee⁷
	花瓜 ㄏㄨㄝ ㄍㄨㄝ	huee¹kuee¹
	懷恩 ㄏㄨㄝˊ ㅣㄣ	huee⁵in¹

1.1.15

話 ㄨㄝ ue [uE]	罪魁 ㄗㄨㄝㆷ ㄎㄨㄝ	cue⁷khue¹
	會話 ㄏㄨㄝㆷ ㄨㄝㆷ	hue⁷ue⁷
	過火 ㄍㄨㄝㄥ ㄏㄨㄝˋ	kue³hue²

1.1.16

威 ㄨㅣ ui [ui]	貴妃 ㄍㄨㅣㄥ ㄏㄨㅣ	kui³hui¹
	水肥 ㄗㄨㅣˋ ㄅㄨㅣˊ	cui²pui⁵
	翡翠 ㄏㄨㅣˋ ㄘㄨㅣㄥ	hui²chui³

1.1.17

(海口)挨 ㄜㄝ ere [ɘe]	溪底 ㄎㄜㄝ ㄉㄜㄝˋ	khere¹tere²
	金釵 ㄍㅣㆬ ㄘㄜㄝ	kim¹chere¹
	做事 ㄗㄜㄝㄥ ㄙㄨㆷ	cere³sir⁷

2. 前元尾韻

1.2.1

哀 ㄞ ai [ai]	海菜 ㄏㄞˋ ㄘㄞㄥ hai^{2}chai^3
	敗害 ㄅㄞㄏ ㄏㄞㄏ pai^{7}hai^7
	齋戒 ㄗㄞ ㄍㄞㄥ cai^{1}kai^3

1.2.2

歪 ㄨㄞ uai [uai]	歪踐(扭曲) ㄨㄞ ㄗㄨㄞㄏ uai^{1}cuai^7
	爽歪歪 ㄙㄤˋ ㄨㄞ ㄨㄞ song^{2}uai^{1}uai^1
	奇奇怪怪 ㄍㄧˊ ㄍㄧˊ ㄍㄨㄞㄥ ㄍ ㄨㄞㄥ ki^{5}ki^{5}kuai^{3}kuai^3/ ku^{5}ku^{5}kuai^{3}kuai^3

3. 後元尾韻

1.3.1

甌 ㄠ au [au]	走狗 ㄗㄠˋ ㄍㄠˋ cau^{2}kau^2
	後斗 ㄠㄏ ㄅㄠˋ au^{7}tau^2
	臭頭 ㄔㄠㄥ ㄊㄠˊ chau^{3}thau^5

1.3.2

妖 ㄧㄠ iau [iau]	妖嬌 ㄧㄠ ㄍㄧㄠ iau^{1}kiau^1
	攪擾 ㄍㄧㄠˋ ㄐㄧㄠˋ kiau^{2}jiau^2
	逍遙 ㄒㄧㄠ ㄧㄠˊ siau^{1}iau^5

(二) 鼻化韻

1. 無尾鼻化韻

2.1.1

餡 ㄚ ann [ã]	橄欖 ㄍㄢ ㄋㄚ(ㄚ)ˋ	kan^1na^2
	膽敢 ㄉㄚˋ ㄍㄚˋ	$tann^2kann^2$
	擔擔 ㄉㄚ ㄉㄚㄥ	$tann^1tann^3$

2.1.2

(內埔)嬰 ㄝ enn [ẽ]	殿青 ㄉㄝㄥ ㄘㄝ	$tenn^3chenn^1$
	青瞑 ㄘㄝ ㄇㄝˊ	$chenn^1me^5$
	猛醒 ㄇㄝˋ ㄘㄝˋ	me^2chenn^2
	生硬 ㄘㄝ ㄤㄝㄏ	$chenn^1nge^7$

2.1.3

燕 ㄧ inn [ĩ]	天邊 ㄊㄧ ㄅㄧ	$thinn^1pinn^1$
	簾簷 ㄋㄧ(ㄧ)ˊ ㄐㄧˊ	ni^5cinn^5
	變精 ㄅㄧㄥ ㄐㄧ	$pinn^3cinn^1$

2.1.4

好 ㆦ onn [ɔ̃]	好惡 ㄏㆦㄥ ㆦㄥ	$honn^3onn^3$
	可惡 ㄎㆦˋ ㆦㄥ	$khonn^2onn^3$
	老吾老 ㄋㆦ(ㆦ)ˋ ㄤㆦ(ㆦ)ˋ ㄋㆦ(ㆦ)ˋ	$noo^2ngoo^2noo^2$
	咿咿噁噁 ㄧ ㄧ ㆦㄥ ㆦㄥ	$inn^1 inn^1 onn^3onn^3$
	薄荷 ㄅㆦ ㄏㆦㄥ (或讀 ㄅㆦㄍˋ ㄏㆦˊ)	$ponn^1honn^3$ (pok^8ho^5)

2.1.5

纓 ㄧㄚ iann [ĩã]	京城 ㄍㄧㄚ ㄒㄧㄚˊ	$kiann^1siann^5$
	平聲 ㄅㄧㄚˊ ㄒㄧㄚ	$piann^5siann^1$
	拚命 ㄅㄧㄚㄥ ㄇㄧㄚㄏ	$piann^3mia^7$

2.1.6

(內埔)鴦 ㄧㆲ ionn [ĩɔ̃]	上場 ㄐㄧㆲㆷ ㄉㄧㆲˊ ciⁿⁿ⁷tionn⁵
	張樣 ㄉㄧㆲ ㄧㆲㆷ tionn¹ionn⁷
	無量想 ㄅㆦˊ ㄋㄧㆲㆷ ㄒㄧㆲㆷ bo⁵nioo⁷sionn⁷

2.1.7

鴦 ㄧ㆕ iunn [ĩũ]	上場 ㄐㄧ㆕㆖ ㄉㄧ㆕ˊ ciunn⁷tiunn⁵
	張樣 ㄉㄧ㆕ ㄧ㆕㆖ tiunn¹iunn⁷
	無量想 ㄅㆦˊ ㄋㄧ㆕(㆕)㆖ ㄒㄧ㆕㆖ bo⁵niu⁷siunn⁷

2.1.8

鞍 ㄨㄚ uann [uã]	判官 ㄆㄨㄚㄥ ㄍㄨㄚ phuann³kuann¹
	山泉 ㄙㄨㄚ ㄗㄨㄚˊ suann¹cuann⁵
	汗腺 ㄍㄨㄚ㆖ ㄙㄨㄚㄥ kuann⁷suann³
	半碗 ㄅㄨㄚㄥ ㄨㄚˋ puann³uann²

2.1.9

(內埔)妹 ㄨㆤ uenn [uẽ]	溚糜 ㆰˋ ㄇㄨㆤ(ㆤ)ˊ am²mue⁵
	妹妹 ㄇㄨㆤ(ㆤ)㆖ ㄇㄨㆤ(ㆤ)㆖ mue⁷mue⁷
	酸梅 ㄙㆭ ㄇㄨㆤ(ㆤ)ˊ sng¹mue⁵
	守寡 ㄐㄧㄨˋ ㄍㄨㆤˋ ciu²kuenn²₍ㄨ₎

2.1.10

(內埔)黃 ㄨㆨ uinn [uĩ]	黃瘦 ㄨㆨˊ ㄙㄨㆨ uinn⁵suinn¹
	軟飯 ㄋㄨㄧˋ ㄅㄨㆨ㆖ nui²puinn⁷
	損斷 ㄙㄨㆨˋ ㄅㄨㆨ㆖ suinn²tuinn⁷

2. 前元尾鼻化韻

2.2.1

(同安)閑 ㄞ ainn [ãĩ]	嬡去 ㄇㄞ(ㄞ)ㄥ ㄎㄧㄥ　　mai3 khi3
	忍耐 ㄐㄧㄇˋ ㄋㄞ(ㄞ)ㄏ　jim²nai⁷
	礙眼 ㄤㄞ(ㄞ)ㄏ ㄍㄢˋ　ngai⁷gan²
	□□(小鑼) ㄋㄞˋ ㄊㄞ　nai²thainn¹

2.2.2

關　ㄨㄞ uainn [uãi]	橫杆 ㄏㄨㄞˊ ㄍㄨㄞ huainn⁵kuainn¹
	□□(騙取) ㄨㄞ ㄍㄨㄞˋ uainn¹kuainn²
	重□□(很重) ㄅㄤㄏ ㄎㄨㄞˊ ㄎㄨㄞˊ tang⁷khuainn⁵khuainn⁵

2.2.3

(海口)閑 ㄨ丨 irinn [iĩ]	反爿(翻面) ㄅㄨ丨ˋ ㄅㄨ丨ˊ pirinn²pirinn⁵
	前後 ㄗㄨ丨ˊ ㄠㄏ　cirinn⁵au⁷
	門楣(門檻) ㄇ兀ˊ ㄅㄨ丨ㄏ mng⁵tirinn⁷

3. 後元尾鼻化韻

2.3.1

□　ㄠ aunn [ãũ]	嗷嗷念(喃喃) 兀ㄠ(ㄠ)ㄏ 兀ㄠ(ㄠ)ㄏ ㄌㄧ 㕷ㄏ　ngau⁷ngau⁷liam⁷
	懊惱 ㄠㄥ ㄋㄠ(ㄠ)ˋ　　au³nau²
	禮貌 ㄌㄝˋ ㄇㄠ(ㄠ)ㄏ　le²mau⁷

2.3.2

□　丨ㄠ iaunn [iãũ]	花□□(花花的) ㄏㄨㄝ ㄋㄧㄠ(ㄠ) ㄋㄧ ㄠ(ㄠ)。 hue¹niau¹niau¹

□□(亂動) ㄤㄧㄠ(ㄠ)ㆷ ㄤㄧㄠ(ㄠ)ㆷ ㄙㄨㄢ ngiau⁷ngiau⁷suan¹	
芳□□(很香)ㄆㄤ ㄏㄧㄠˊ ㄏㄧㄠˊ phang¹hiaunn⁵hiaunn⁵	

(三) 陽聲韻

1. 雙唇鼻音尾韻

3.1.1

庵 ㆰ am [am]	濫糝(亂來) ㄌㆰㆴ ㄙㆰˋ　lam⁷sam²
	貪婪 ㄊㆰ ㄌㆰˊ　tham¹lam⁵
	慘澹 ㄘㆰˋ ㄉㆰㆴ　cham²tam⁷

3.1.2

內埔腔 蔘 ㆦ om [ɔm]	貴蔘蔘 ㄍㄨㄧㄥ ㄙㆲ ㄙㆲ kui³som¹som¹
	□□(柔軟不結實) ㄌㆲˋ ㄌㆲˋ lom²lom²
	□咳嗽(咳嗽) ㄎㆲㆴ ㄎㄚ ㄙㄠㄥ khom⁷kha¹sau³

3.1.3

音 ㄧㆬ im [im]	陰鴆 ㄧㆬ ㄊㄧㆬ　　im¹thim¹
	浸淫 ㄐㄧㆬㄥ ㄧㆬˊ　cim³im⁵
	森林 ㄒㄧㆬ ㄌㄧㆬˊ　sim¹lim⁵

3.1.4

閹 ㄧㆰ iam [iam]	鹹□(鹹味) ㄍㄧㆰˊ ㄒㄧㆰ kiam⁵siam¹
	檢點 ㄍㄧㆰˋ ㄉㄧㆰˋ kiam²tiam²

	漸漸 ㄐㅣ湔ㅏ ㄐㅣ湔ㅏ	ciam^{7}ciam^7

3.1.5

(海口)蔘 ㄨㅔ irm[im]	人蔘 ㄐㅣㄣˊ ㄙㄨㅔ	jin^{5}sirm^1
	針線 ㄗㄨㅔ ㄙㄨㄚㄥ	cirm^{1}suann^3
	欣喜 ㄏㄨㅔ ㄏㅣˋ	hirm^{1}hi^2

2. 舌尖鼻音尾韻

3.2.1

安 ㄢ an [an]	簡單 ㄍㄢˋ ㄉㄢ	kan^{2}tan^1
	艱難 ㄍㄢ ㄉㄢˊ	kan^{1}lan^5
	燦爛 ㄘㄢㄥ ㄉㄢㅏ	chan^{3}lan^7

3.2.2

因 ㅣㄣ in [in]	姻親 ㅣㄣ ㄑㅣㄣ	in^{1}chin^1
	人民 ㄐㅣㄣˊ ㄅㅣㄣˊ	jin^{5}bin^5
	印信 ㅣㄣㄥ ㄒㅣㄣㄥ	in^{3}sin^3

3.2.3

煙 ㅣㄢ ian [ian]	先天 ㄒㅣㄢ ㄊㅣㄢ	sian^{1}thian^1
	顯然 ㄏㅣㄢˋ ㄐㅣㄢˊ	hian^{2}jian^5
	演變 ㅣㄢˋ ㄅㅣㄢㄥ	ian^{2}pian^3

3.2.4

溫 ㄨㄣ un [un]	倫敦 ㄌㄨㄣˊ ㄉㄨㄣ	lun^{5}tun^1
	吞忍 ㄊㄨㄣ ㄌㄨㄣˋ	thun^{1}lun^2
	渾沌 ㄏㄨㄣˊ ㄉㄨㄣㅏ	hun^{5}tun^7

3.2.5

冤　ㄨㄢ uan [uan]	貫穿　ㄍㄨㄢˋ　ㄔㄨㄢ	kuan^{3}chuan^1
	圓滿　ㄨㄢˊ　ㄅㄨㄢˋ	uan^{5}buan^2
	叛亂　ㄅㄨㄢˋ　ㄌㄨㄢˋ	puan^{7}luan^7

3.2.6

(海口)恩　ㄨㄣ irn [in]	慇懃　ㄨㄣ　ㄎㄨㄣˊ	irn^{1}khirn^5
	銀根　ㄍㄨㄣˊ　ㄍㄨㄣ	girn^{5}kirn^1
	怨恨　ㄨㄢㄥ　ㄏㄨㄣˋ	uan^{3}hirn^7

3.　舌根鼻音尾韻

3.3.1

尪　ㄤ　ang [aŋ]	放鬆　ㄅㄤㄥ　ㄙㄤ	pang^{3}sang^1
	銅人　ㄉㄤˊ　ㄌㄤˊ	tang^{5}lang^5
	紅蟲　ㄤˊ　ㄊㄤˊ	ang^5 tang^5

3.3.2

汪　ㄛ　ong [ɔŋ]	膀胱　ㄅㄛˊ　ㄍㄛ	pong^{5}kong^1
	鳳凰　ㄏㄛㄅ　ㄏㄛˊ	hong^{7}hong^5
	總統　ㄗㄛˋ　ㄊㄛˋ	cong^{2}thong^2

3.3.3

英　ㄧㄥ　ing [iəŋ]	澄清　ㄉㄧㄥˊ　ㄑㄧㄥ	ting^{5}ching^1
	清閒　ㄑㄧㄥ　ㄧㄥˊ	ching^{1}ing^5
	平等　ㄅㄧㄥˊ　ㄅㄧㄥˋ	ping^{5}ting^2
	政令　ㄐㄧㄥㄥ　ㄌㄧㄥㄅ	cing^{3}ling^7

3.3.4

(內埔)央　ㄧㄤ iang [iaŋ]	雙掌　ㄒㄧㄤ　ㄐㄧㄤˋ	siang^1-ciang^2
	商鞅　ㄒㄧㄤ　ㄧㄤ	siang^1-iang^1

	重陽 ㄅㄧ尢ˊ ㄧ尢ˊ	tiang⁵iang⁵
	上將 ㄒㄧ尢ㄏ ㄐㄧ尢ㄥ	siang⁷ciang³

3.3.5

雍 ㄧ工 iong [iɔŋ]	松茸 ㄒㄧ工ˊ ㄐㄧ工ˊ	siong⁵jiong⁵
	中央 ㄅㄧ工 ㄧ工	tiong¹iong¹
	忠勇 ㄅㄧ工 ㄧ工ˋ	tiong¹iong²
	中用 ㄅㄧ工ㄥ ㄧ工ㄏ	tiong³iong⁷

3.3.6

嚾 ㄨ尢 uang [uaŋ]	嚾黨(結夥) ㄨ尢 ㄅ工ˋ	uang¹tong²
	歸嚾歸黨(狐群狗黨) ㄍㄨㄧ ㄨ尢 ㄍㄨㄧ ㄅ工ˋ	kui¹uang¹kui¹tong²
	□□叫(鬱熱) ㄏㄨ尢ㄏ ㄏㄨ尢ㄏ ㄍㄧㄛㄥ	huang⁷huang⁷kio³

3.3.7

(海口)登 ㄨㄥ irng [iŋ]	升等 ㄒㄧㄥ ㄅㄨㄥˋ	sing¹tirng²
	性能 ㄒㄧㄥㄥ ㄌㄨㄥˊ	sing³lirng⁵
	鬥爭 ㄅㄧㄛㄥ ㄗㄨㄥ	tio³cirng¹

(四) 聲化韻

3.4.1

姆 ㄇ m [m]	阿姆 ㄚ ㄇˋ	a¹m²
	茅仔 ㄏㄇˊ ㄚˋ	hm⁵a²
	毋知 ㄇㄏ ㄗㄞ	m⁷cai¹

3.4.2

秧 ㄫ ng [ŋ]	黃瘆 ㄫˊ ㄙㄫ	ng⁵sng¹
	糠飯 ㄎㄫ ㄅㄫㄏ	khng¹png⁷

糖霜	ㄊㄥˊ ㄙㄥ	thng⁵sng¹
損斷	ㄙㄥˋ ㄅㄥㄧ	sng²tng⁷

二、 入聲韻

(一) 喉塞尾韻

4.1.1

	鴨肉	ㄚㄏ ㄅㄚㄏ	ah⁴bah⁴
鴨 ㄚㄏ ah [aʔ]	甲箬(葉鞘)	ㄍㄚㄏ ㄏㄚㄏ·	kah⁴hah⁸
	扑獵 ㄆㄚㄏ ㄌㄚㄏ·	phah⁴lah⁸

4.1.2

	白雪 ㄅㄝㄏ· ㄙㄝㄏ	peh⁸seh⁴
厄 ㄝㄏ eh [ɛʔ]	油□□(油膩) ㄧㄨˊ ㄌㄝㄏ ㄌㄝㄏ iu⁵leh⁴leh⁴	
	真唊(真擠) ㄐㄧㄣ ㄎㄝㄏ cin¹kheh⁴	
	車厄(車禍) ㄑㄧㄚ ㄝㄏ chia¹eh⁴	

4.1.3

	苦□□(味很苦) ㄎㄛˋ ㄅㄧㄏ ㄅㄧㄏ khoo²tih⁴tih⁴/ khoo²teh⁴teh⁴
舌 ㄧㄏ ih [iʔ]	薄□□(很薄) ㄅㄛㄏ· ㄌㄧㄏ ㄒㄧㄏ poh⁸lih⁴sih⁴
	匿□(害羞) ㄅㄧㄏ ㄑㄧㄏ bih⁴chih⁴

4.1.4

□ ㄛㄏ ooh [ɔʔ]	□(哦) ㄛㄏ	ooh⁰
	□(呼) ㄏㄛㄏ	hooh⁰

4.1.5

學 ㄛㄏ oh [oʔ, əʔ]	落薄 ㄌㄛㄏˬ ㄅㄛㄏˬ　　loh⁸poh⁸
	箍絡索 ㄎㄛ¹ ㄌㄛㄏˬ ㄙㄛㄏ khoo¹loh⁸soh⁴
	□□□□(不正經) ㄊㄧㄢ ㄊㄧㄢ ㄊ ㄛㄏˬ ㄊㄛㄏˬ　　thian¹thian¹thoh⁸thoh⁸

4.1.6

突 ㄨㄏ uh [uʔ]	□□想(痴想) ㄅㄨㄏ ㄅㄨㄏ ㄒㄧ ㄨ̊ᴴ tuh⁴tuh⁴siunn⁷
	□□□□(支吾) ㄊㄧ ㄊㄧ ㄊㄨㄏˬ ㄊ ㄨㄏˬ　　thi¹thi¹thuh⁸thuh⁸
	嗍血(吸血) ㄙㄨㄏ ㄏㄨㆤㄏ　　suh⁴hueh⁴

4.1.7

(內埔)格 ㆤㄏ eeh [ɛ ʔ]	儂客 ㄌㄤˊ ㄎㆤㄏ　　lang⁵kheeh⁴
	白雪 ㄅㆤㄏˬ ㄙㆤㄏ　　peeh⁸seh⁴
	體格 ㄊㆤˋ ㄍㆤㄏ　　the²keeh⁴

4.1.8

(海口)郭 ㄜㄏ erh [ə ʔ]	說話 ㄙㄜㄏ ㄨㆤᴴ　　serh⁴ue⁷
	欠缺 ㄎㄧㆰˇ ㄎㄜㄏ　　khiam³kherh⁴
	搶奪 ㄑㄧㄨ̊ˋ ㄅㄜㄏˬ　　chiunn²terh⁸

4.1.9

(海口)狹 ㄜㆤㄏ ereh [ə eʔ]	□□(狹窄) ㄜㆤㄏˬ ㄎㄜㆤㄏ　　ereh⁸khereh⁴
	節氣 ㄗㄜㆤㄏ ㄎㄨㄧˇ　　cereh⁴khui³
	草鍥 ㄘㄠˋ ㄍㄜㆤㄏ　　chau²kereh⁴

4.1.10

□ ㄞㄏ aih [aiʔ]	矮□□(很矮) ㆤˋ ㄅㄞㄏ ㄅㄞㄏ e²taih⁴taih⁴
	□(噯) ㄞㄏ　　aih⁴

4.1.11

□ ㄠㄏ auh [auʔ]	憂餒餒(愁容滿面) ㄧㄨ ㄍㄠㄏ ㄍㄠㄏ iu¹kauh⁴kauh⁴
	信篤篤(深信不疑) ㄒㄧㄣㄥ ㄉㄠㄏ ㄉㄠㄏ sin³tauh⁴tauh⁴
	潤餅餒(春卷) ㄗㄨㄣㄏ ㄅㄧㄚˋ ㄍㄠㄏ jun⁷piann²kauh⁴

4.1.12

役 ㄧㄚㄏ iah [iaʔ]	食癖(固執) ㄐㄧㄚㄏ˙ ㄆㄧㄚㄏ ciah⁸phiah⁴
	食額(認賬) ㄐㄧㄚㄏ˙ ㄍㄧㄚㄏ˙ ciah⁸giah⁸
	刺疫(燥癢) ㄑㄧㄚㄏ ㄧㄚㄏ˙ chiah⁴iah⁸

4.1.13

葯 ㄧㄛㄏ ioh [ioʔ,iəʔ]	借歇(寄宿) ㄐㄧㄛㄏ ㄏㄧㄛㄏ cioh⁴hioh⁴
	□□(戲謔) ㄍㄧㄛㄏ˙ ㄙㄧㄛㄏ gioh⁸sioh⁴
	惜□(珍惜) ㄙㄧㄛㄏ ㄌㄧㄛㄏ˙ sioh⁴lioh⁸

4.1.14

□ ㄧㄨㄏ iuh [iuʔ]	痛搐搐(很痛) ㄊㄧㄚㄥ ㄉㄧㄨㄏ ㄉㄧㄨㄏ thiann³tiuh⁴tiuh⁴
	酸□□(很酸) ㄙㄥ ㄍㄧㄨㄏ ㄍㄧㄨㄏ sng¹k(g)iuh⁴k(g)iuh⁴
	密䀼䀼(很密) ㄅㄚㄉ˙ ㄐㄧㄨㄏ ㄐㄧㄨㄏ bat⁸ciuh⁴ciuh⁴

4.1.15

□ ㄧㄠㄏ	有□□(很硬) ㄉㄧㄥㄏ ㄎㄧㄠㄏㄎㄧㄠㄏ ting⁷khiauh⁴khiauh⁴

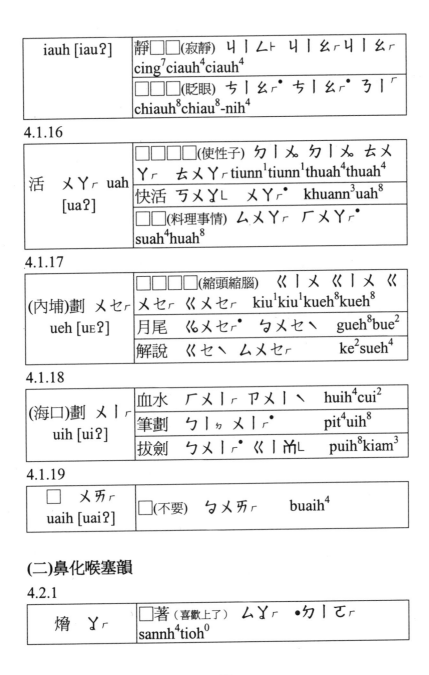

| iauh [iauʔ] | 靜□□(寂靜) ㄐ丨ㄥㄏ ㄐ丨ㄠㄏㄐ丨ㄠㄏ cing⁷ciauh⁴ciauh⁴ |
| | □□□(眨眼) ㄑ丨ㄠ˙ ㄑ丨ㄠˊ˙ ㄋ丨ㄏ chiauh⁸chiau⁸-nih⁴ |

4.1.16

活 ㄨㄚㄏ uah [uaʔ]	□□□□(使性子) ㄅ丨ㄨ。ㄅ丨ㄨ。ㄊㄨㄚㄏ ㄊㄨㄚㄏ tiunn¹tiunn¹thuah⁴thuah⁴
	快活 ㄎㄨㄚㄥ ㄨㄚㄏ˙ khuann³uah⁸
	□□(料理事情) ㄙㄨㄚㄏ ㄏㄨㄚㄏ˙ suah⁴huah⁸

4.1.17

(內埔)劃 ㄨㄟㄏ ueh [uɛʔ]	□□□□(縮頭縮腦) ㄍ丨ㄨ ㄍ丨ㄨ ㄍ ㄨㄟㄏ ㄍㄨㄟㄏ kiu¹kiu¹kueh⁸kueh⁸
	月尾 ㄍㄨㄟㄏ˙ ㄅㄨㄟㄟ gueh⁸bue²
	解說 ㄍㄟㄟ ㄙㄨㄟㄏ ke²sueh⁴

4.1.18

(海口)劃 ㄨㄟㄏ uih [uiʔ]	血水 ㄏㄨㄟㄏ ㄗㄨㄟㄟ huih⁴cui²
	筆劃 ㄅ丨ㄉ ㄨㄟㄏ˙ pit⁴uih⁸
	拔劍 ㄅㄨㄟㄏ˙ ㄍ丨ㄢㄥ puih⁸kiam³

4.1.19

| □ ㄨㄞㄏ uaih [uaiʔ] | □(不要) ㄅㄨㄞㄏ buaih⁴ |

(二)鼻化喉塞韻

4.2.1

| 爐 ㄚㄏ | □著(喜歡上了) ㄙㄚㄏ ˙ㄅ丨ㄛㄏ sannh⁴tioh⁰ |

annh [ã?]	熁火(烤火)　ㄏㄚˊ ㄏㄨㄛˋ hannh⁴hue
	枵□□(餓得慌)　ㄧㄠ ㄙㄚˊ ㄙㄚˊ iau¹sannh⁴sannh⁴（sah⁴的又讀）

4.2.2

莢 ㄝˊ ennh [ẽ?]	地脈　ㄅㄝ˫ ㄇㄝˊ˙(ㄇㄝˊ)　te⁷meh⁸
	火莢(火鉗)　ㄏㄨㄝˋ ㄤㄝˊ (ㄤㄝˊ) hue²ngeh⁴
	躐跤尾　ㄋㄝˊ(ㄋㄝˊ) ㄎㄚ ㄅㄨㄝˋ neh⁴kha¹bue²

4.2.3

物 ㄐㄧˊ innh [ĩ?]	重□□(很重)　ㄅㄤ˫ ㄐㄧˊ ㄐㄧˊ tang⁷innh⁴innh⁴
	瞤目(眨眼)　ㄋㄧˊ（ㄐㄧˊ）ㄅㄚ«˙ nih⁴bak⁸
	物件　ㄇㄧˊ˙(ㄇㄐㄧˊ˙) ㄍㄧㄚ˫ mih⁸kiann⁷

4.2.4

膜 ㄛˊ onnh [õ?]	焦瘼瘼(乾瘤)　ㄅㄚ ㄇㄛˊ ㄇㄛˊ(ㄇㄛˊ ㄇㄛˊ)　　　　ta¹moh⁴moh⁴
	□□(無足輕重)　ㄇㄛˊ˙ ㄇㄛˊ˙(ㄇㄛˊ˙ ㄇㄛˊ˙)　　　　moh⁸moh⁸
	塗豆膜　ㄊㄛˊ ㄅㄠ˫ ㄇㄛˊ˙(ㄇㄛˊ˙) thoo⁵tau⁷moh⁸

4.2.5

□ ㄞˊ ainnh [ãĩ?]	凹入去(瘤進去或凹進去)　ㄋㄞˊ (ㄋㄞˊ) naih⁴jip⁰khi⁰(nah⁴又讀 naih⁴)

4.2.6

□ ㄠㄏ aunnh [ãũʔ]	虛虛□(不堅實) ㄏㄧ ㄏㄧ ㄏㄠㄏ hi¹hi¹haunnh⁴
	□□□□(鬆皺凹陷) ㄇㄧ ㄇㄧ ㄇㄠㄏ ㄇㄠㄏ(ㄇㄠㄏ) mi¹mi¹mauh⁴mauh⁴
	□□病(病個不停) ㄙㄠㄏ˙ ㄙㄠㄏ˙ ㄅㄝㆵ saunnh⁸saunnh⁸penn⁷

4.2.7

□ ㄧㄚㄏ iannh [ĩãʔ]	挔衫(拿衣服) ㄏㄧㄚㄏ ㄙㄚ hiannh⁴sann¹

4.2.8

□ ㄧㄨㄏ iunnh [ĩũʔ]	□□叫(喘哮聲) ㄏㄧㄨㄏ ㄏㄧㄨㄏ ㄍㄧ ㆦㄥ hiunnh⁸hiunnh⁸kio³

4.2.9

□ ㄧㄠㄏ iaunnh [ĩãũʔ]	□□□(多皺紋) ㄋㄧ ㄋㄧ ㄋㄧㄠㄏ (ㄋ ㄧㄠㄏ) ni¹ni¹niauh⁴
	□□鑽(鑽動不停) ㆭㄧㄠㄏ ㆭㄧㄠㄏ(ㆭㄧ ㄠㄏ) ㄗㆭㄥ ngiauh⁸ngiauh⁸cng³
	□□(心動很想要) ㄏㄧㄠㄏ˙ ㄏㄧㄠㄏ˙ hiaunnh⁸hiaunnh⁸

4.2.10

荚 ㄨㄝㄏ uennh [ūēʔ]	火荚(火鉗) ㄏㄝˋ ㆭㄨㄝㄏ(ㆭㄨㄝㄏ) he²ngueh⁴ (偏海口腔)

4.2.11

□ ㄨㄧㄏ uinnh [ūĩʔ]	□□(蝌蚪) ㆰㆵ ㄇㄨㄧㄏ(ㄇㄨㄧㄏ) am⁷muih⁸

4.2.12

-93-

喠　ㄨㄞㄏ uainnh [ũãĩʔ]	韌□□(韌而硬)　ㄖㄨㄣㄑ　ㄍㄨㄞㄏ　ㄍ ㄨㄞㄏ　jun⁷kuainnh⁴kuainnh⁴
	喠來喠去(坐著帶動椅子扭來扭去) ㄨㄞㄏ　ㄌㄞˊ　ㄨㄞㄏ　ㄎㄧㄥ uainnh⁴lai⁵uainnh⁴khi³

(三) 雙唇入聲韻

4.3.1

壓　ㄚㄅ ap [ap]	插納(理睬)　ㄔㄚㄅ　ㄌㄚㄅ　chap⁴lap⁸
	雜插(多事)　ㄗㄚㄅˋ　ㄔㄚㄅ　cap⁸chap⁴
	插雜　ㄔㄚㄅ　ㄗㄚㄅˋ　chap⁴cap⁸
	無沓屑(份量極少)　ㄅㄜˊ　ㄉㄚㄅ　ㄙㄚㄅ bo⁵tap⁴sap⁴

4.3.2

(內埔腔) 朒　ㄛㄅ op [ɔp]	油朒朒(很油膩)　ㄧㄨˊ　ㄌㄛㄅ　ㄌㄛㄅ iu⁵lop⁴lop⁴
	沓沓滴(滴個不停)　ㄉㄛㄅˋ　ㄉㄛㄅˋ　ㄉㄧㄏ top⁸top⁸tih⁴
	幼屑屑(很細碎)　ㄧㄨㄥ　ㄙㄛㄅ　ㄙㄛㄅ iu³sop⁴sop⁴

4.3.3

揖　ㄧㄅ　ip [ip]	吸入　ㄎㄧㄅ　ㄐㄧㄅˋ　khip⁴jip⁸
	臨急　ㄌㄧㄇˊ　ㄍㄧㄅ　lim⁵kip⁴
	濕濕　ㄙㄧㄅ　ㄙㄧㄅ　sip⁴sip⁴

4.3.4

葉　ㄧㄚㄅ iap [iap]	接洽　ㄐㄧㄚㄅ　ㄏㄧㄚㄅˋ　ciap⁴hiap⁸
	捷捷　ㄐㄧㄚㄅˋ　ㄐㄧㄚㄅˋ　ciap⁸ciap⁸
	揜貼(隱密)　ㄧㄚㄅ　ㄊㄧㄚㄅ　iap⁴thiap⁴

4.3.5

(海口)澀　ㄨㄅ	澀澀　ㄙㄨㄅ　ㄙㄨㄅ	sirp^4 sirp^4
irp [ɨp]	藏戢(收藏)　ㄗㄞˊ　ㄍㄨㄅ	cong^{5}girp^4

(四) 舌尖入聲韻

4.4.1

遏　ㄚㄅ at [at]	憂結結(愁容滿面)　ㄧㄨ　ㄍㄚㄅ　ㄍㄚㄅ　iu^{1}kat^{4}kat^4
	節力　ㄗㄚㄅ　ㄌㄚㄅˋ　　cat^{4}lat^8
	直達　ㄅㄧㄅˋ　ㄅㄚㄅˋ　　tit^{8}tat^8

4.4.2

乙　ㄧㄅ　it [it]	失職　ㄒㄧㄅ　ㄐㄧㄅ　　sit^{4}cit^4
	一直　ㄧㄅ　ㄅㄧㄅˋ　　it^{4}tit^8
	親密密　ㄑㄧㄣ　ㄅㄧㄅˋ　ㄅㄧㄅˋ chin^{1}bit^{8}bit^8

4.4.3

熨　ㄨㄅ　ut [ut]	鬱卒　ㄨㄅ　ㄗㄨㄅ　　ut^{4}cut^4
	突出　ㄅㄨㄅˋ　ㄘㄨㄅ　　tut^{8}chut^4
	□□□(炊地)　ㄆㄨㄅ　ㄌㄨㄅ　ㄙㄨㄅˋ phut^{4}lut^{4}sut^8

4.4.4

閱　ㄧㄚㄅ　iat [iat]	切切　ㄑㄧㄚㄅ　ㄑㄧㄚㄅ　　chiat^{4}chiat^4
	熱血　ㄐㄧㄚㄅˋ　ㄏㄧㄚㄅ　　jiat^{8}hiat^4
	節烈　ㄐㄧㄚㄅ　ㄌㄧㄚㄅˋ　　ciat^{4}liat^8

4.4.5

越　ㄨㄚㄅ　uat [uat]	脫法　ㄊㄨㄚㄅ　ㄏㄨㄚㄅ　　thuat^{4}huat^4
	活潑　ㄏㄨㄚㄅˋ　ㄆㄨㄚㄅ　　huat^{8}phuat^4

	缺乏 ㄎㄨㄚㄉ ㄏㄨㄚㄉˋ khuat⁴huat⁸

4.4.6

□ ㄧㄨㄉ iut [iut]	□□叫(迅速狀、或聲) ㄙㄧㄨㄉˋ ㄙㄧㄨㄉˋ ㄍㄧㆲ siut⁸siut⁸kio³
	□一下(噴出貌) ㄐㄧㄨㄉˊ ˙ㄐㄧㄉ ˙ㄝ ciut⁹cit⁰e⁰
	□出來(噴出) ㄐㄧㄨㄉˋ ˙ㄘㄨㄉ ˙ㄌㄞ ciut⁸chut⁰lai⁰

4.4.7

(海口)核 ㄨㄉ irt [ɨt]	屹然 ㄍㆸㄨㄉ ㄐㄧㄢˊ girt⁴jian⁵(lian⁵)
	檄文 ㄏㄨㄉˋ ㄅㄨㄣˊ hirt⁸bun⁵
	起訖 ㄎㄧˋ ㄍㆸㄨㄉ khi²girt⁴
	核子彈 ㄏㄨㄉˋ ㄗㄨˋ ㄉㄨㄚˊ hirt⁸cir²tuann⁵(又讀)

(五) 舌根入聲韻

4.5.1

握 ㄚㄍ ak [ak]	齷齪 ㄚㄍ ㄗㄚㄍ ak⁴cak⁴
	沐沐觸觸(丟不開而又麻煩難辦) ㄅㄚㄍ ㄅ ㄚㄍ ㄉㄚㄍ ㄉㄚㄍ bak⁴bak⁴tak⁴tak⁴
	轇磟 ㄌㄚㄍˋ ㄉㄚㄍˋ lak⁸tak⁸

4.5.2

惡 ㆦㄍ ok [ɔk]	作惡 ㄗㆦㄍ ㆦㄍ cok⁴ok⁴
	福祿 ㄏㆦㄍ ㄌㆦㄍˋ hok⁴lok⁸
	木鐸 ㄅㆦㄍˋ ㄉㆦㄍˋ bok⁸tok⁸

4.5.3

(海口)黑 ㄨㄍ irk [ɨk]	墨賊 ㄅㄨㄍ˙ ㄗㄨㄍ˙	birk⁸cirk⁸
	時刻 ㄒㄧˊ ㄎㄨㄍ	si⁵khirk⁴
	特別 ㄅㄨㄍ˙ ㄅㄧㄚㄉ	tirk⁸piat⁸

4.5.4

益 ㄧㄝㄍ ik [iək]	迫促 ㄅㄧㄝㄍ ㄑㄧㄝㄍ	pik⁴chik⁴
	綠竹 ㄌㄧㄝㄍ˙ ㄅㄧㄝㄍ	lik⁸ tik⁴
	魄力 ㄆㄧㄝㄍ ㄌㄧㄝㄍ˙	phik⁴lik⁸

4.5.5

約 ㄧㄚㄍ iak [iak]	約略 ㄧㄚㄍ ㄌㄧㄚㄍ˙	iak⁴liak⁸(內埔腔)
	白鑠鑠(雪白) ㄅㄝㄏ ㄙㄧㄚㄍ ㄙㄧㄚㄍ	peh⁸siak⁴siak⁴
	燥煏煏(極乾燥) ㄙㄛㄥ ㄅㄧㄚㄍ˙ ㄅㄧㄚㄍ˙	so³piak⁸piak⁸

4.5.6

育 ㄧㄛㄍ iok [iɔk]	侷促 ㄍㄧㄛㄍ˙ ㄑㄧㄛㄍ	kiok⁸chiok⁴
	芍藥 ㄐㄧㄛㄍ ㄧㄛㄍ˙	ciok⁴iok⁸
	陸續 ㄌㄧㄛㄍ˙ ㄒㄧㄛㄍ˙	liok⁸siok⁸

4.5.7

| 濄 ㄨㄚㄍ uak [uak] | 濄濄叫(大口喝水聲) ㄍㄨㄚㄍ˙ ㄍㄨㄚㄍ˙ | |
| | ㄍㄧㄛㄥ kuak⁸kuak⁸kio³ | |

(六) 聲化喉塞韻

4.6.1

噷 ㄇㄦ mh [mʔ]	噷噷(不出聲) ㄏㄇㄦ˙ ㄏㄇㄦ˙	hmh⁸hmh⁸
	□死(槌死) ㄏㄇㄦ ˙ㄒㄧ	hmh⁴si⁰
	紮□□(密實) ㄗㄚㄉ˙ ㄏㄇㄦ ㄏㄇㄦ cat⁸hmh⁴hmh⁴	

4.6.2

(海口)物　兀ㄏ ngh [ŋʔ]	嗙嘆(斥責)　ㄆ兀ㄏ　ㄙ兀ㄏ　phngh^{4}sngh^4
	物件　ㄇ兀ㄏ˙　ㄍㄧㄚㄏ　　　mngh^{8}kiann^7
	咿咿嗯嗯(說不出話貌)　ㄐ　ㄐ　兀ㄏ˙　兀ㄏ˙ inn^{1}inn^1 ngh^{8}ngh^8

附說：

除了上述《臺語方音符號》所見各音標以外，我們還可以略為提及《國臺對照活用辭典》中所見的、超出華語注音符號的其他符號。

1. 聲母

   ㄉ：這個音是和「ㄉ」相配的濁音，現代有些台灣語、閩南語的語音學者，把「柳」字頭、也就是「ㄌ」記音為[d]，因此，吳守禮教授取「ㄉ」來表示。

   ㄏ：這個音吳守禮教授指出：是華臺語罕用，只有漳州的「耳」字用到這音標。

2. 韻母：

   ㄩ：只用於華語的譯音。吳守禮教授指出：「ㄩ」符亦可併入「ㄇ」。

   ㄋ：是韻化輔音，相當於國際音標[ṇ]。台灣閩南語沒有採用這個音位。

國家圖書館出版品預行編目資料

臺灣語語音入門 / 董忠司著. -- 初版. --
臺北市：遠流，2001〔民 90〕
　　　面；　　公分

ISBN 957-32-4235-4（平裝）

臺語 - 語音

802.5232　　　　　　　　　　　89018408